La Scala

Francesca Duranti

# La Bambina

Rizzoli Editore
MILANO 1985

*Proprietà letteraria riservata*
© *1985 Rizzoli Editore, Milano*

ISBN 88-17-67302-6

*Prima edizione: gennaio 1985*

# La Bambina

A Laura Lepetit

« Il fatto è che chiunque sia sopravvissuto
alla propria infanzia possiede abbastanza informazioni
sulla vita da bastargli per il resto dei suoi giorni. »

(Flannery O'Connor, *The Nature and Aim of Fiction*)

# I

All'età di tre anni e mezzo Francesca si rese conto per la prima volta che, a parte le inadempienze alle leggi che regolavano la sua vita, c'erano altre cose sulle quali era opportuno mantenere il segreto.

Era una calda giornata di giugno, ed essa giocava in giardino, lontana dagli occhi della Nane. Poiché l'unico compito della Nane era quello di sorvegliare la Bambina, può sembrare strano che quest'ultima fosse riuscita a liberarsi dal suo angelo custode, tanto efficiente, e svizzero per giunta, destinato a proteggerla dei pericoli dell'esistenza. In realtà questo si verificava invece abbastanza spesso. Infatti anche Francesca aveva un solo scopo nella sua vita, o per lo meno uno scopo prevalente, ed era appunto quello di sfuggire alla sorveglianza della Nane.

Poiché entrambe si impegnavano a fondo nella lotta, si può dire che questa si svolgeva più o meno ad armi pari. Certo la Nane aveva gli occhi ad una altezza inverosimile, tanto da riuscire a scorgere, senza neppure alzare lo sguardo, una Bambina rannicchiata in un nascondiglio che a raggiungerlo ci voleva una scalata. La Nane era grossa e forte: poteva prendere una Bambina sotto il braccio come un pacchetto, e riportarla dove era stato stabilito, in base alla temperatura e alla direzione dei venti, che quel giorno venissero collocati il cesto del lavoro e la poltrona per la Nane e i giocattoli per la Bambina.

Francesca aveva il vantaggio di essere più sveglia e di non avere le vene varicose: quest'ultima cosa le permetteva, su brevi distanze, di essere molto più veloce della Nane.

Ciò che ammorbidiva alquanto la lotta, e a volte impediva all'una o all'altra di trarre tutti i possibili vantaggi da qualche fortunata combinazione, era il fatto che Francesca e la Nane si amavano moltissimo, e mai e poi mai l'una avrebbe voluto dare un vero dispiacere all'altra.

Quel giorno Francesca aiutò la Nane a dipanare una matassa di lana rosa, ed attese che venisse eseguito il controllo sulla propria persona, se i punti messi su per il nuovo golfino erano in numero giusto; dopodiché se la squagliò portandosi via, sotto il braccio, la sua copia nuova fiammante del Corriere dei Piccoli.

Se ne andò, libera e sola, in una delle quattro grandi terrazze digradanti di cui era costituito il giardino della Cappuccina, e lì sedette, leggendo il suo giornalino, su di un bel prato verde, al centro del quale era conficcato un paletto cui stava legata la capra. La capra era sempre esistita e Francesca la conosceva da moltissimi anni.

Francesca, che non si stancava mai di farsi leggere ad alta voce, aveva — ed ebbe fino ai cinque anni — una resistenza limitata alla lettura autonoma: dopo aver letto Bibì e Bibò, che erano i suoi favoriti, decise perciò di lasciar riposare la mente e cercare svaghi di altro genere.

Lì vicino c'era una loggia in muratura, tinta di rosa come la casa, dove alcune sedie attendevano inutilmente da anni di essere usate per eleganti thé all'aperto, la cui attuazione si era arenata nelle pastoie della realtà, sconosciute al sogno oscarwildiano che era stato alla base della progettazione.

Con queste sedie Francesca decise di fare un treno: erano di ferro, pesantissime, ma alla fine la Bambina riuscì a mettere insieme, faticosamente, otto vagoni.

Prese allora posto sulla locomotiva e partì. Naturalmente sapeva benissimo di fare finta, ma quello era un gioco che le piaceva molto, anche se ne vedeva tutta la puerilità. Sembrava che il viaggio procedesse bene, ma quando girò lo sguardo per osservare la campagna che le fuggiva accanto, i suoi occhi colsero una visione orribile: la capra stava mangiando una pagina del Corrierino, e tutto il resto se ne stava sparso a pezzettini per il prato.

Qui va detto che Francesca era molto pia ma anche molto confusa, riguardo alla religione. Per esempia sapeva che Dio era il padre di Gesù e che entrambi, soprattutto Dio, erano molto amici della Nane. Invece la Maria che stirava era amica della Madonna, moglie di Dio, ed andava ogni domenica a trovarla a Messa, che si chiamava anche "Chiesa dei Cappuccini" ed era una casa abitata da una grande famiglia di fratelli i quali, pur essendo già vecchi, seguitavano ad andar vestiti tutti uguali come i cugini Attilio e Mario o i ragazzi De Ferrari, che erano bambini. Questo vestito era una vestaglia marrone.

A Francesca sarebbe piaciuto andare a Messa la

domenica, ma sapeva che la Nane non voleva assolutamente portarcela. Una sera, mentre recitavano Vater Unser prima di dormire, Francesca aveva chiesto alla Nane:

"E per la povera Madonna non diciamo mai niente?".

La Nane non si era arrabbiata, ma Francesca aveva capito che la Madonna non le piaceva.

Poiché il guaio del giornalino le era capitato proprio durante un'evasione ai danni della Nane, pensò che non era il caso, tra tutti i personaggi miracolosi, di rivolgersi a Gesù e tanto meno a Dio.

Perciò si inginocchiò sulla locomotiva, chiuse gli occhi, giunse le palme come la Nane le aveva insegnato e disse:

"Cara Madonna, la prego di far ritornare il mio Corriere dei Piccoli com'era, perché l'ho appena guardato e vorrei finirlo tutto. Io posso leggere poco per volta perché sono solo una Bambina, e poi perché mi riesce meglio leggere in gotico come mi insegna Frau Trainer piuttosto che in quest'altro modo che mi tocca impararmelo da sola. Ma anche se vado piano mi piace moltissimo, e lei non deve credere che l'ho lasciato perché non lo volevo più. Arrivederla e Amen".

Attese ancora un attimo con gli occhi chiusi per dare modo al prodigio di verificarsi indisturbato, poi alzò lo sguardo e il giornalino era là, bello nuovo e piegato sull'erba, e la capra non lo guardava neppure.

Francesca lo raccolse svelta e corse alla terrazza superiore, quella delle magnolie, dove la Nane sedeva lavorando a maglia tranquillamente. Come spesso succedeva, non si era accorta della fuga della Bambina e non aveva cominciato a cercarla.

Francesca stava per raccontarle del Miracolo, ma si trattenne rendendosi conto che avrebbe dovuto confessare l'evasione. Cercò allora di inventare una bugia nella quale poter inserire, senza pericolo, quella notizia che era davvero straordinaria e che era un peccato non diffondere.

E mentre pensava, si faceva strada in lei la convinzione che invece era proprio meglio lasciar perdere, ma non tanto per non dover confessare la fuga, il che, in fondo, avrebbe provocato solamente un rimprovero subito dimenticato. C'era invece piuttosto il rischio, tanto per incominciare, che la Nane non credesse ad una storia Vera, e questo avrebbe addolorato molto una Bambina, che raccontava spesso delle bugie, ma andava fiera della Verità, quando poteva dirla.

E poi si formò nella sua mente l'idea, niente affatto chiara ma tuttavia sicura, che gli eventi prodigiosi fossero in certo qual modo proibiti, o quanto meno sgraditi nella vita reale; e che tutti fossero pronti a celebrarli come qualcosa di altamente desiderabile solo fintanto che se ne stavano al sicuro tra le pagine dei libri di novelle, o nel Vangelo.

La Nonna, per esempio, le aveva letto una storia di una fanciulla molto bella e buona, che una Fata aveva premiato facendole risplendere una stella d'oro sulla fronte. Ora, Francesca lo sapeva, tutti volevano da lei che fosse bella e buona, e soprattutto pulita: ma certamente se avesse avuto una stella d'oro in fronte questo non sarebbe andato affatto bene, avrebbe dato alla Bambina un aspetto disordinato, irregolare, stridendo terribilmente con le sue treccine lucide, con i calzettoni di filo bianco ben tirati sulle gambette.

Così Francesca tenne nascosta l'avventura miracolosa che aveva vissuto con lo stesso scrupolo da lei sempre usato per celare i giochi proibiti e pericolosi che ogni tanto le riusciva di fare, come quella volta che aveva navigato sul vecchio seggiolone nella vasca all'angolo del boschetto.

E la Bambina continuò, ogni sera con la Nane e in altre occasioni con la Nonna, a pregare e a chiedere l'intervento divino in mille questioni: la salute, la pace e la prosperità per ciascuno e per tutti, e una grazia speciale per la Nane che Dio sapeva cos'era e Francesca doveva invece impetrare alla cieca, senza essere informata di nulla, perché si trattava di cosa da grandi, che non la riguardava.

Ma mentre pregava sapeva, ora, che un vero miracolo inoppugnabile, non doveva essere richiesto, non doveva accadere, e in ogni caso non doveva essere creduto.


La casa dove abitava Francesca era rosa con le persiane verdi, e sorgeva nella parte più alta di quel bel giardino a terrazze di cui abbiamo parlato. Stava come seduta sulla terrazza superiore con i piedi appoggiati alla seconda, che era quella delle magnolie.

Tutte le altre case che Francesca conosceva, quella dei Nonni in via Assarotti, quella dei cugini in piazza De Ferrari, stavano in piedi; solo quella della Meggi Gambaro aveva una posizione un po' diversa: in piedi, ma con la testa sostenuta da una mano e il gomito appoggiato ad una strada che le correva all'altezza della vita.

La casa di Francesca era enorme. Tutta la parte costituita dai suoi piedi, che dava sulla terrazza delle magnolie, era occupata dalla stanza del carbone, dal laboratorio del falegname Landi, dalla voliera dei pappagallini e così via; il sedere comprendeva una hall meravigliosa, tutta scintillante di marmo bianco, moltissimi salotti, la biblioteca e la sala da pranzo; nel corpo c'erano le camere da letto e nella testa le stanze dei domestici e la stireria.

Quando Francesca era in casa non aveva nessuna difficoltà a trovare la nursery e le cucine, benchè in queste ultime non andasse mai, dato che il cuoco portava un cappellone bianco che le metteva paura; ma quando guardava la casa dal di fuori non riusciva a capire dove fossero queste stanze; pensava che fluttuassero a mezz'aria, tra il sedere e i piedi, ma non ne era sicura. A Francesca piaceva avere ordine nei propri pensieri, e questa incertezza, ogni volta che ci poneva mente, le procurava una sensazione di acuto disagio. Molte volte era stata tentata di chiedere alla Nane di affacciarsi alla finestra della nursery, mentre lei correva in giardino per vedere da dove sarebbe sbucata fuori, per controllare soprattutto se aveva fondamento il dubbio, che talora la coglieva, che le cucine e la nursery esistessero dal di dentro ma non dal di fuori. Tuttavia non ne fece mai di niente, perché temeva che la Nane avrebbe giudicato la cosa irregolare.

Nei salotti stavano i grandi, i quali parlavano tutti insieme facendo molto più rumore di Francesca e i cuginetti quando bisticciavano. Molti dei grandi venivano solo raramente e la Bambina non li riconosceva da una volta all'altra; alcuni invece come Leoncini, Gagliardi, Garolla, i Manzitti e i Damele venivano spessissimo ed erano molto simpatici.

I più assidui di tutti erano un signore e una signora che frequentavano anche il piano superiore, dove a volte la Bambina andava a visitarli in una camera da letto preceduta da un immenso spogliatoio foderato di specchi. Questi signori erano il Papà e la Mamma, e a Francesca piacevano moltissimo.

Essi, come gli altri grandi, apprezzavano molto le prodezze della Bambina, le sue treccine ben tirate, le sue gote rosse, lustre di acqua e sapone. Ma, a differenza degli altri, sembrava che la bravura della Bambina li interessasse in modo specialissimo e che fossero disposti a concederle una particolare simpatia, e forse anche amore, in proporzione alla sua abilità in questo o in quello.

La Bambina aveva nel cuore in primo luogo la Nane e lo zio Enzo a pari merito, e poi la Nonna e il Nonno; tuttavia sentiva un desiderio struggente di compiacere il Papà e la Mamma, di esser loro simpatica e di fare in modo che fossero fieri di lei. E così, a tre anni e mezzo, stava dritta in piedi, senza tenersi, sulle spalle della sua insegnante di ginnastica; parlava bene il tedesco e l'italiano e capiva il francese e l'inglese; leggeva e scriveva in caratteri gotici; era sempre bella lustra e profumata come un fondant di Romanengo.

Forse per queste sue virtù o forse perché abitava anche lei nella casa, a Francesca era permesso —

prima di andare a letto — di entrare per un attimo nei salotti a salutare i grandi. Una sera, mentre faceva il giro della buona notte, arrivò Gagliardi con un grande foglio di carta che aveva quattro maiali disegnati agli angoli; piegando il foglio in un certo modo le linee dei quattro disegni venivano a fondersi in un'unica immagine che era la faccia di Mussolini. La Bambina sapeva benissimo chi era Mussolini, e sapeva anche che non bisognava raccontare a nessuno quello che di lui dicevano i grandi; non tanto perché qualcuno l'avesse considerata così importante da raccomandarle il segreto, ma piuttosto perché i grandi esprimevano le loro opinioni su Mussolini con quello speciale tono con cui venivano dette quelle cose che la Bambina non doveva capire e che capiva benissimo. A volte avevano l'ingenuità di parlare in una lingua straniera, e questo era il colmo, perché sapevano bene che in quel campo la Bambina li batteva tutti.

Francesca non riusciva a capacitarsi come i grandi pretendessero da lei che fosse tanto più sveglia degli altri bambini e poi si illudessero a volte che avesse un cervello da gallina addirittura. Quello di cui era sicura era che diventando vecchie, le persone, anche le più dolci — come la Nonna, o le più semplici — come la Nane, perdevano ogni chiarezza di giudizio: e tante cose che bastava guardarle per capire, le impasticciavano cercando di farle rientrare nelle loro regole da grandi fino a che non vedevano più chiaramente nemmeno la punta del proprio naso.

C'era uno solo, tra tutti i grandi, che accettava i fatti senza cercare di collocarli in apposite caselle, ritagliando e gettando via quello che avanzava o riempiendo gli spazi vuoti con una bugia: e questi era lo zio Enzo. Egli, infatti, era considerato da tutti, in quel periodo in cui gli hippies non erano ancora di moda, come una persona estremamente sconclusionata.

Lo zio Enzo era il fratello di Papà e viveva in via Assarotti con i Nonni. Francesca non aveva mai visto due fratelli che si assomigliassero meno. I cuginetti Attilio e Mario e anche la Nini, che era più grandina e per di più femmina, si assomigliavano moltissimo nonostante che Attilio fosse biondo con gli occhi azzurri e gli altri due no, che Mario fosse un tappo e gli altri due no, che la Nini fosse una bambina obbedientissima e gli altri due mica tanto.

Anche il padre dei cuginetti, lo zio Lullo, si vedeva benissimo che era fratello della Mamma, benchè tra loro ci fossero tante cose che li rendevano diversi. Per esempio la Mamma guidava la macchina — Francesca pensava che forse era la Sola Donna al mondo, perché non ne aveva mai viste altre, e — si capisce — anche lo zio Lullo la guidava; ma Francesca era certissima che se lui fosse stato una donna non si sarebbe sognato di farlo. Insomma, la Mamma tendeva sempre ad essere l'unica a fare, dire, o pensare questa o quella cosa, mentre lo zio Lullo di ciò non si curava affatto.

Lui e la zia Mariuccia assomigliavano molto a quei pochi genitori che comparivano nelle storie di cui la Nonna faceva lettura ad alta voce per Francesca: pochi perché quasi tutti i protagonisti di quelle vicende erano orfani o abbandonati o si rendevano tali da se stessi volando per esempio fuori dalla finestra, come Peter Pan.

Sebbene anche i cuginetti avessero una specie di Nane, che si chiamava miss Jesh ed era quella da cui Francesca aveva imparato a capire l'inglese, gli zii — tanto per dirne una — mangiavano nella stessa stanza da pranzo con i figli, e — tanto per dirne un'altra — a Courmayeur facevano le passeggiate assieme a loro, e insegnavano loro a distinguere i funghi, e cose del genere. Ma tuttavia, al di là di queste differenze, c'era un nocciolo comune nella Mamma e nello zio Lullo, come se perseguissero fini identici con mezzi diversi.

Tra Papà e lo zio Enzo, invece, non c'era modo di trovare un punto di contatto.

Papà era grande, grosso, bello, rasato, pulito, ed elegante. Aveva un aspetto autorevole e si capiva che non gli sarebbe potuto capitare mai nulla di male, perché il buon Dio non avrebbe mai osato prendersi delle confidenze con una persona di così gran prestigio.

Lo zio Enzo invece era magro, mal vestito, con baffi incolti, le dita gialle di nicotina e si lavava poco. Non incuteva timore a nessuno ed era il bersaglio ideale su cui Dio poteva esercitarsi a sperimentare catastrofi piccole e grandi, cosa che fece per tutta la breve vita del suo servo.

Lo zio Enzo amava la Bambina più di ogni altra cosa o persona e la Bambina lo ricambiava appassionatamente. Egli non si accorgeva neppure se Francesca aveva le treccine ben tirate o le mani pulite, e, benché si divertisse a sentirla parlare tedesco con la Nane e dicesse spesso alla Nonna che la Bambina era davvero molto intelligente, era chiaro che il suo amore non aveva bisogno di essere sollecitato da sentimenti di orgoglio, compiacimento o ammirazione. Francesca sapeva che lei non aveva bisogno di fare nulla di particolare per piacere allo zio Enzo, e del resto lui le piaceva moltissimo e non sapeva fare proprio niente, neppure muovere le orecchie come Garolla. La Nonna raccontava spesso alla Bambina una storia di cui l'ascoltatrice non era mai sazia:

Un giorno, quando lo zio Enzo aveva diciassette anni, i fascisti lo presero e lo portarono in un vicoletto buio.

"Se non dici viva il Duce ti bastoniamo. Su, grida viva il Duce".

"Io amo e ammiro mia madre, ma se adesso mi ordinaste di gridare viva la mamma non vi obbedirei".

Così lo zio Enzo fu picchiato a sangue e tornò a casa tutto pesto.

Francesca andava ogni giovedì a colazione in via Assarotti, e la Nane, che in quell'occasione indossava un vestito normale anziché la solita divisa blu col grembiule bianco, la lasciava con la Nonna per tutto il giorno e veniva a prenderla alla sera.

Lo zio Enzo, senza entusiasmo e senza successo, faceva l'avvocato ed era perciò in ufficio all'ora in cui Francesca arrivava in via Assarotti. Lui, che in genere dimenticava tutto, sapeva che il giovedì era il Giorno della Bambina, e tornava a casa a mezzogiorno e mezza, con la panna e i cialdoni. Francesca lo spiava dalla finestra e, quando lo vedeva comparire, correva a nascondersi dietro alla cassapanca dell'ingresso. La Nonna andava incontro al suo figliolo e gli diceva:

"Oggi la Bambina non è venuta".

Allora lo zio Enzo era proprio disperato.

"Ma come" gridava "il giovedì è stabilito che deve venire da noi, cos'è che glielo ha impedito? Ma che storie sono queste? Oh che dispiacere, oh che rabbia! ".

Questo continuava per un bel pezzo, fino a che Francesca saltava fuori dal suo nascondiglio con un urlo terribile, che spaventava a morte lo zio Enzo. Allora la Bambina correva ad abbracciarlo, senza curarsi che lui sapesse tanto di tabacco e avesse un viso così cespuglioso.

I peli facciali dello zio Enzo erano per il loro proprietario materia inesauribile di esperimenti. Francesca, data la sua giovane età, aveva assistito solo ad un paio di trasformazioni e conosceva le altre dai racconti della Nonna. C'era stato il periodo "barba con baffi", quello "basette sole", quello "baffi con favoriti" fino a giungere, attraverso elaborate variazioni, all'attuale stadio di "baffoni incolti".

Nell'abbigliamento, invece, lo zio Enzo aveva dimostrato una maggiore costanza: i suoi abiti erano, ed erano sempre stati, sformati, lisi e un po' unti.

La mamma della Nonna, e cioè la Grandinonna, che aveva avuto un marito bellissimo affondato con la sua nave mercantile all'età di ventisette anni, non sapeva rassegnarsi all'idea che uno dei suoi nipoti fosse così brutto, e sospirava nel guardarlo. Una sera che egli stava per uscire diretto ad un veglione, avvolto in uno smoking verdastro, lucido dove avrebbe dovuto essere opaco e viceversa, baffi e capelli come al solito, dita gialle e tutto il resto, la Grandinonna fu presa da un'improvvisa ispirazione e gridò:

"Aspetta, così non va bene".

Corse a frugare nel suo portagioie e tornò recando un anello su cui brillava un'enorme ametista; lo infilò al dito del riluttante nipote, strappandogli la promessa di non toglierlo, in maniera di poter fare anche lui, nei limiti del possibile, la sua bella figura.

Fu così che lo zio Enzo, che era uomo d'onore, danzò per tutta la notte di fine d'anno adorno di un vistoso anello vescovile.

Le colazioni in via Assarotti erano divertentissime: tutti davano retta alla Bambina e la lasciavano parlare anche se non interrogata; e nello stesso tempo discorrevano tra di loro, così che Francesca apprendeva cose che nè la Nane nè Frau Trainer le avevano mai insegnato.

In primo luogo che Mussolini era un porco, cosa confermata del resto dal disegno di Gagliardi.

Poi che anche i fascisti erano dei porci e che avevano, molto tempo prima, gettato tutto il contenuto dello studio legale del Nonno attraverso la finestra, facendone poi un falò giù in strada. A quei tempi lo zio Enzo era ancora studente, mentre il Nonno e Papà lavoravano insieme: essi avevano dovuto faticare assai per ritrovare il bandolo della loro professione.

Poi apprese che il futuro degli Ebrei era assai nero, in quel momento, e ciò la metteva molto in ansia per Robertino e Guido Levi che erano suoi amici. Anzi, Guido era suo amico mentre di Robertino era innamorata, come del resto di tutti i ragazzi più grandi di lei che conosceva, compresi Eric Rhodes e il cugino Attilio.

Ma soprattutto sentiva parlare della guerra, che da un momento all'altro sarebbe certamente scoppiata, portando rovina e distruzione in tutto il mondo. La Nonna diceva che bisognava pregare perché questo non accadesse, e la Bambina pregava ogni sera con fervore e fiducia. Lo zio Enzo invece diceva che bisognava levare di mezzo Mussolini, ma in questo la Bambina non poteva collaborare in alcun modo.

Anche alla Cappuccina Francesca sentiva a volte i grandi parlare tra di loro: questo avveniva principalmente la domenica mattina nel lettone del Papà e della Mamma, durante il gioco delle attaccapanne. Il gioco consisteva nell'ammucchiare i cuscini, che erano moltissimi, e nel rifugiarvisi sotto dicendo che fuori era un freddo cane e che c'erano lupi feroci in cerca di Bambine. Veramente si doveva dire le capanne, ma una volta, quando era piccola, a Francesca era scappato di dire attaccapanne, e da allora il nome era rimasto.

Dai discorsi dei suoi genitori, Francesca riceveva la conferma che Mussolini e i fascisti erano dei porci, anche se nel tono con cui ne parlavano le pareva di avvertire una nota un po' diversa da quella che si sentiva in via Assarotti.

Di Papà non era sicura, ma a Francesca sembrava che, agli occhi della Mamma, i fascisti fossero soprattutto dei gran cafoni, che ad ogni passo affondavano sempre più inesorabilmente nel ridicolo, fornendo agli antifascisti una serie inesauribile di pretesti per spassarsela alle loro spalle, con storie come quella, per esempio, del cialdino.

La storia del cialdino era questa: i fascisti avevano deciso di bandire dalla lingua italiana ogni parola straniera e perciò non si doveva dire tennis ma palla a rete, non cognac ma arzente e, colmo del ridicolo, non cachet ma cialdino.

Sia Papà che la Mamma erano comunque preoccupati per la guerra, e quando la Bambina aveva quattro anni e ufficialmente c'era ancora la pace, il Papà e la Mamma giravano già per le campagne della Toscana alla ricerca di un luogo tranquillo dove rifugiarsi all'occorrenza.

La Mamma faceva anche provviste di ogni genere per affrontare la carestia che la guerra avrebbe portato con sè. In questo grandioso accumulo di derrate essa dette il meglio di se stessa, aiutata in ciò dalla sua naturale inclinazione per l'eccezionale e per il colossale. Anche in periodo di pace, infatti, ogni acquisto della Mamma avveniva, e avviene, in maniera inconsueta, attraverso canali sconosciuti ai più, con mobilitazione delle forze dell'ordine, di amici influenti e in misura straripante.

In genere la domenica mattina era una gran festa andare a giocare alle attaccapanne da Papà e Mamma, quando c'erano. Infatti, a giudizio di Francesca, essi stavano troppo spesso in giro per il mondo e lei si sentiva molto sola: e dire che anche quando erano a casa li vedeva così poco ugualmente.

Però una volta la sveglia domenicale fu proprio un incubo.

Il giorno avanti c'era stata la Prima Comunione della Nini, con grande ricevimento nella casa di piazza De Ferrari.

Ho già detto che la vita nella famiglia dei cuginetti si svolgeva in modo molto più tranquillo e casalingo che alla Cappuccina: per esempio essi erano serviti da tutte donne, e non avevano un cameriere e tanto meno un cuoco, per loro fortuna. C'era, sì, un autista chiamato Cuchin, ma era in casa da prima che nascesse lo zio Lullo, e non aveva quell'austerità che contraddistingue i servitori di sesso maschile.

Anche la casa, benchè enorme e bellissima, rispecchiava nell'arredamento un maggior legame con la tradizione. Anche lì, tuttavia, c'erano due cose sensazionali che Francesca invidiava terribilmente: la hall era rotonda, grandissima, tutta di marmo e al centro aveva una via di mezzo tra una piccola fontana e una gigantesca acquasantiera, con zampillo; poi c'era un grande salone, mai usato e tutto buio, che nella sua immensità dava l'impressione di essere anch'esso rotondo, e forse lo era, tutto damasco rosso e dorature abbaglianti.

Fu in quel salone, rimasto chiuso nonostante il ricevimento, che si rifugiarono Francesca con Attilio e Mario, mentre la Nini, più angelica del solito nel suo vestito bianco, offriva confetti agli ospiti nelle altre sale.

Per prima cosa i bambini giocarono ai dottori, come era loro costume. Poi, dato che ogni tanto facevano delle scorrerie laddove fervevano i festeggiamenti, allo scopo di asciugare le coppe di champagne rimaste incustodite, incominciarono a sentirsi straordinariamente euforici. Si abbandonarono così all'ilarità incontrollata e al turpiloquio.

Per un po' si limitarono ad esplodere solo quando, dopo una veloce razzia di cibi e bevande, si ritrovarono al sicuro tra le sontuose pareti del salotto rosso. Poi Attilio pensò di condire il loro divertimento con il brivido del rischio più folle. Si rivolse perciò a Francesca:

"Corri dalla Marchesa Raggio e dille cacca".

Francesca accettò il suggerimento ed eseguì con entusiasmo e celerità.

Al ritorno trovò i cugini che volevano sapere com'era andata, e raccontò la faccia che avevano fatto la Marchesa Raggio e tutte le altre signore lì accanto.

"Ora va' dalla signora Bruzzone e dille tre volte culo".

Le parolacce che i bambini conoscevano non erano molte, ma Attilio escogitava interessanti combinazioni, e poi la destinataria era sempre diversa, così non si correva il rischio di cadere nella monotonia.

Per molto tempo Francesca riuscì ad evitare di portare i suoi messaggi in prossimità di persone che avessero giurisdizione su di lei, ma un bel momento fu pescata proprio dalla Nane e tutto lo scandalo venne alla luce. Attilio e Mario furono mandati a letto e Francesca fu portata in fretta alla Cappuccina e messa anche lei a dormire senza una parola.

L'indomani mattina fu convocata in camera di

Papà e Mamma, ma non potè entrare nel lettone. Dovette invece inginocchiarsi davanti al telefono, e via via che Papà le faceva i vari numeri e le persone da lei offese venivano all'altro capo del filo, doveva ripetere:

"Le chiedo perdono in ginocchio per la mia inqualificabile condotta di ieri e le bacio la mano".

Poichè non tutte le signore a cui bisognava chiedere scusa avevano il telefono, questa frase venne scritta da Francesca in caratteri gotici su alcuni fogli di carta da lettere rigata che furono poi inviati per posta.

Francesca non seppe mai se fu perdonata, e vorrebbe saperlo.

Lo zio Enzo non era presente al ricevimento ma Francesca gli raccontò tutto appena lo incontrò. Egli disse che una signora cui Francesca aveva detto "faccia di culo" aveva effettivamente la faccia di culo e che perciò quella era stata una cattiveria di cui bisognava pentirsi; per il resto, egli decretò, tutti la facevano troppo lunga. La Nane, che assisteva al colloquio e che l'aveva fatta più lunga di tutti, non disse niente. Essa parlava malissimo l'italiano, e probabilmente non aveva capito, e poi forse, anche in caso contrario, non si sarebbe arrabbiata ugualmente, perché aveva un debole per lo zio Enzo.

Qualche tempo dopo, quando la Bambina aveva da poco compiuto cinque anni, una volta che stava sotto la tettoia rosa con la Nane, questa le aveva chiesto:

"Secondo te, perché la gente si sposa?".

La Bambina, non lo sapeva:

"Sentiamo, dimmelo tu".

"Per avere compagnia".

Francesca aveva ricevuto in dono "David Copperfield" per il suo quinto compleanno, e la Nonna, che ora stava alla Cappuccina perché Papà e Mamma non c'erano, glielo leggeva tutte le sere. Erano arrivate all'idillio tra Peggotty e Barkis, ed una frase aveva colpito la Bambina particolarmente.

La prese perciò in prestito per aprire gli occhi alla sua ingenua Nane:

"Guarda che lo zio Enzo non ha intenzione".

Ma la Nane non capì e seguitò a sperare.

Francesca sapeva bene di chi cercava la compagnia lo zio Enzo quando veniva nella nursery, ma purtroppo la saggezza delle Bambine non serve ai grandi più di quanto l'esperienza dei grandi serva alle Bambine.

In quel periodo lo zio Enzo veniva spessissimo a trovarla, perché appunto i Nonni stavano con lei alla Cappuccina. Accanto alla nursery c'era la stanza da pranzo della Nane e di Francesca, dove la Nonna, ed anche il Nonno e lo zio Enzo quando non mangiavano in città, prendevano tutti i pasti assieme alla Bambina. Di ciò quest'ultima era felicissima, perché, pure amando molto la sua Nane, rimpiangeva di non essere nata in una di quelle famiglie senza governanti, nè cuochi, nè cameriere, dove i figli stavano con i genitori e al massimo poteva essere lontano il padre, impegnato a lavorare in una miniera, per esempio, ma la mamma stava sempre con i suoi bambini.

Con i Nonni la vita prendeva un ritmo e un tono che evocava nell'animo di Francesca situazioni familiari per lei mitiche, nelle quali nessun compito naturale venisse delegato ad altri.

Di notte Francesca aveva sempre avuto una gran paura, da quando si ricordava, a causa del lampadario che pendeva proprio al centro del soffitto della sua stanza. Questo oggetto, al buio, si trasformava in una orribile testa tagliata che una notte aveva aperto una grande bocca nera e aveva gridato: "Uuuhh". Francesca aveva sempre tenuto il segreto su questo spaventoso fenomeno, ma quella volta decise di approfittare della presenza dello zio Enzo per chiedergli consiglio.

"Senti un po'," gli disse, "il mio lampadario, di notte, fa i versacci e le boccacce. Secondo te, se chiedessi di cambiarlo, farei la figura della cretina?".

"Boh, per quello... Ti fa paura?"

"Eh, sì. Quello lo fa apposta. Solo che nessuno mi crederebbe. Se dicessi che ho fifa di un lampadario darebbero la colpa a me e non a lui. Addio la mia fama di Bambina coraggiosa".

"Ma tu lo sei?"

"In certe cose sì. Il cuoco mi fa paura, però".

"Non c'è mica niente di male ad aver paura ogni tanto. Quelli che dicono di non aver paura di niente mentono per farsi ammirare dal prossimo. Alla gente invece bisogna voler bene, ma non è mica il caso di fare tante commedie per riceverne l'applauso. Altrimenti si finisce per piacere a tutti tranne che a noi stessi".

Quella notte Francesca non fece caso alle smorfie del lampadario, perché aveva altro a cui pensare.

Essa sapeva, ahimè, di recitare continuamente e di desiderare con passione di piacere a tutti.

Per quanto adorasse e ammirasse lo zio Enzo, essa guardava con terrore alla possibilità di assomigliare a lui. Se la Bambina non fosse stata così bella e robusta e pulita e intelligente; così coraggiosa come quando, per compiacere la Mamma, non aveva battuto ciglio nel subire l'operazione delle adenoidi da sveglia; se non avesse stupito tutti con la sua precocità; se non avesse preso in braccio quei leoncini già abbastanza enormi allo zoo di Salsomaggiore che poi il custode l'aveva fotografata e vendeva le sue foto come cartoline; se, insomma, non fosse stata una così Brava Bambina cosa sarebbe stato di lei? Francesca non osava azzardare una risposta.

Quando i genitori di Francesca tornarono dal viaggio, la Bambina si accorse subito che la Mamma non stava bene. Innazi tutto perché era grossissima e sempre affaticata e poi perché veniva spessissimo a trovarla il suo medico, che si chiamava anche lui zio Enzo ed era il marito della zia Bonbon. La zia Bonbon si chiamava veramente Amilda ed era cugina della Mamma. Era simpatica e portava sempre i bonbon alla Bambina, ecco perché il suo nome. Lei e suo marito non avevano figli. Questo zio Enzo piaceva anche lui a Francesca, ma le metteva un po' di soggezione.

In quel periodo la Nane cominciò a far inserire nelle preghiere serali della Bambina la seguente frase: "Fai che arrivi presto un bel fratellino".

Francesca non desiderava particolarmente di avere un fratellino, ma piuttosto una sorellina; si consultò con lo zio Enzo per sapere come avrebbe giudicato una Bambina che avesse aggiunto segretamente una preghiera privata in tal senso, ed egli disse che non c'era niente di male e si poteva fare. Perciò ogni sera, in italiano, Francesca si rivolgeva segretamente alla Madonna e chiedeva una sorellina. In questo modo non c'era alcun pericolo che la Nane lo venisse a sapere: al massimo la cosa poteva giungere alle orecchie della Nora, che era ancor più intima della Madonna di quanto lo fosse la Maria. Ma la Nora non era una spiona. Essa era la nipote della Balia Dina, che non era affatto una balia, ma cuoca in casa Damele. Quando Francesca aveva quattro anni, la Nora era venuta giù dall'Appennino Emiliano per prendere servizio alla Cappuccina in qualità di aiuto cameriera. Era molto graziosa, con i suoi occhi neri e le guance rosse. Portava i capelli, neri anch'essi, avvolti attorno alla testa in due lunghe trecce. A Francesca piaceva molto, perché aveva solo diciassette anni e quasi si poteva considerare una bambina anche lei.

Una volta che la Nane era dovuta andare al Consolato Svizzero, loro due erano rimaste sole per un intero pomeriggio, e la Nora le aveva raccontato che al suo paese nevicava per tutto l'inverno, e che lei, da bambina, era andata sempre a scuola con gli sci. Poi le aveva detto che la sua mamma era morta quando lei era piccola e che il suo papà aveva sposato una matrigna e che però non era cattiva come nelle novelle, ma anzi buonissima. La Nora, suo fratello Arturo e sua sorella Valenta la chiamavano zia, ma la Lina, che era nata proprio lo stesso giorno in cui era morta la madre, la chiamava mamma.

Francesca pensava spesso alla morte, e a volte sognava che la Nane annegava nel Bedale. Il Bedale era un ruscello, che scorreva a Courmayeur, incassato tra due rive erbose: non faceva affatto paura e si poteva superare con un salto. Nel sogno, però, diventava minaccioso, con tutta quell'erba che soffocava la Nane, e con i suoi bordi così vicini come quelli di una bara. Francesca si svegliava piena di orrore e di paura, ma non osava correre in camera della Nane per vedere se era viva. Una volta accertato che il suo prestigio in famiglia riposava in gran parte sul suo coraggio, Francesca, sorda ai consigli dello zio Enzo, non tralasciava mai di mostrare, o simulare, una sprezzante sicurezza di fronte a qualsiasi cane, cavallo, dottore, leone, stanza buia o medicina con cui veniva a contatto. E non piangeva quasi mai: le scappava solo qualche volta quando la Nane le faceva le trecce, perché tirava così tremendamente.

Ora che la Mamma le stava un po' più sott'occhio e inoltre era malata, la Bambina cominciò a preoccuparsi anche per la vita di questa signora che si faceva molto desiderare ma era simpaticissima. Una sera, mentre dava la buona notte, pensò che sarebbe stato gentile metterla al corrente di questa preoccupazione che denotava un affetto di cui forse la signora sarebbe stata lusingata.

Francesca era tuttavia ben decisa a non scivolare nel lagnoso, che non era il suo stile, e preferì lasciar cadere una allusione disinvolta:

”Quando sarai morta, potrò avere i tuoi gioielli?”
La Mamma rispose che sì, poteva averli.
”Saranno ancora lucidi?”
”Certamente”.
Questo chiuse l'argomento.

Una mattina Francesca fu mandata a giocare sotto la sorveglianza della Nora nella terrazza più bassa del giardino, quella dove c'era l'orto e la casa di Giovanni, il giardiniere. Mentre scendevano avevano visto arrivare lo zio Enzo, quello dottore, il dottor Corradi — che era il medico della Bambina ma che non la guardò neppure — e la signora Conci aveva orecchie grandissime ed era un'imperatrice. Papà non era andato in ufficio e, cosa incredibile, era vestito da dottore.

Restarono tutta la mattina nell'orto a mangiare fragole acerbe. Verso mezzogiorno la Nane venne a chiamarle tutta eccitata e festante; con la Nora parlottava sottovoce e alla Bambina diceva:

”No, no, non voglio dirti niente: sarà una sorpresa”.

A causa dell'apparato medico che aveva potuto intravedere, Francesca pensò dapprima che la sorpresa fosse che la Mamma era morta; ma poi lo escluse perché quella le sembrava una cosa su cui non c'era proprio niente da ridere e da far festa.

Infatti era tutt'altro: era arrivato il famoso fratellino, e poiché la Madonna aveva messo nel sacco il suo marito, non si trattava affatto di un fratellino ma di una sorellina.

Francesca stava incantata davanti alla culla, perché questa sorellina era bellissima: tutta rosa e pelata, corta e grassa e con delle manine piccolissime.

*31*

Dopo poco arrivarono i Nonni, lo zio Enzo, lo zio Lullo con la zia Mariuccia e i cuginetti. Mario disse subito, con tono acido:
"Spero che almeno questa la sposerò io".
Egli infatti sopportava male l'evidente preferenza di Francesca per Attilio.
Il Nonno sembrava che non avesse mai visto un neonato e trovava straordinarie delle cose normalissime.
"Guarda, guarda: sbadiglia!".
La Bambina avvertì la prima fitta di gelosia.
"Capirai".
Infatti chiunque sa sbadigliare.
Papà fu inviato assieme alla zio Lullo in un negozio o ufficio dove si compravano i nomi per i bambini appena nati.
La Mamma gli disse nel salutarlo:
"Non farti fregare, voglio chiamarla Chantal".
Invece Papà non potè accontentarla, perché i fascisti, oltre che cachet e cognac, avevano tolto di mezzo anche Chantal, ed era rimasto solo Marina. A Francesca e a tutti sembrò che Marina andasse benissimo, ma la Mamma si infuriò molto. La Mamma stette a letto ancora qualche giorno e intanto era arrivata la balia Giovanna Budel da Udine, la quale allattava Marina.
Quando la Piccola ebbe un mese venne data in suo onore una grande festa durante la quale fu battezzata.
Il ricevimento ebbe luogo nello stesso salone dove l'anno prima c'era stata la festa mascherata per Francesca, quella cui Simonetta Cattaneo aveva partecipato travestita da topo; la Nonna che odiava i

topi, si nascondeva negli angoli per non vederla e diceva:

"Oh, che orrore, oh che schifezza".

Questa festa di Marina fu però meno divertente perché c'erano più grandi che bambini, e perché nessuno, eccetto il prete, era in costume.


La Nane continuava ad andare ogni momento al Consolato Svizzero, finchè un giorno il Console le disse:

"Nane, tu sei svizzera, perciò torna in Svizzera senza tante discussioni. Quello è un paese dove la guerra non esiste, mentre qui invece sta per scoppiare: perciò ti conviene".

La Nane rispose:

"Come faccio a lasciare la Bambina?"

"Non ti preoccupare, è solo questione di pochi mesi perché questa sarà una guerra lampo. Poi potrai tornare dalla Bambina".

Così la Nane partì e tutti piansero.

Dopo un po' partirono anche il Papà e la Mamma per comprare la famosa casa in Toscana. La Nonna venne a stare alla Cappuccina ma il Nonno rimase in città con lo zio Enzo, perché era questione di pochi giorni.

Intanto era scoppiata la guerra e tutti erano furibondi. Il Nonno e lo zio Enzo, quando venivano a trovare la Bambina e sua sorella, dicevano:

"Quell'imbecille! Quel pagliaccio! Quell'assassino!'".

Una notte si sentì una sirena fortissima la quale

significava che avrebbe avuto luogo un bombardamento. Tutti si misero la vestaglia e si rifugiarono
nella stanza del carbone per trovar riparo dalle
bombe. La Balia Budel teneva in braccio Marina,
Francesca dava la mano alla Nonna e la Maria con-
solava la Nora che, come ho detto, era una specie di
bambina. C'era anche Filiberto ma non il cuoco perché era stato richiamato sotto le armi.

Cominciarono degli scoppi spaventosi. La Nonna
organizzò una specie di Messa, nella quale lei faceva
la parte del prete e tutti gli altri, eccetto Filiberto e
Marina, impersonavano i fedeli. Francesca sapeva
come si svolgeva la Messa, perché dopo la partenza
della Nane c'era stata molte volte: la rappresenta-
zione della Nonna era molto simile all'ultima parte
della funzione, quando tutti cominciano a non po-
terne più e il prete si decide finalmente a fare qualcosa di divertente.

Francesca invidiò moltissimo la Nonna e avrebbe voluto fare lei la parte del prete, ma capiva che
certi privilegi conferiti dall'età non si potevano scal-
zare, e stette col coro senza fare storie. Filiberto
non pregava ma ascoltava le esplosioni. Sembrava
che avesse una straordinaria competenza in fatto di
bombe. Ad ogni scoppio diceva:

"Questa è dirompente".

Oppure:

"Questa è incendiaria".

Francesca era molto eccitata e dovette andare non
so quante volte a fare pipì. La Nonna pensò che fosse per paura, e la prendeva in braccio, le diceva
"povero tesoro" e le faceva tutte quelle moine per
le quali da un po' di tempo si pensava che lei fosse

34

ormai troppo grande, mentre l'età giusta l'aveva, evidentemente, soltanto Marina.

Francesca non seppe mai quanto durò il bombardamento, perché un bel momento si addormentò per risvegliarsi il mattino nel suo letto.

Mentre prendeva il caffelatte in camera della Nonna, perché in quei giorni si faceva tutto speciale, arrivarono il Nonno e lo zio Enzo portando notizie precise sugli avvenimenti della notte. Era stato un bombardamento navale francese che non aveva fatto nè vittime nè grandi danni.

Il Nonno disse che i Francesi vi avevano impiegato le loro ultime cartucce, perché, poveracci, erano alla fine. Il Nonno era di Bordighera e amava molto la Francia, considerandola più o meno la stessa zuppa dell'Italia. Non se la prese per il bombardamento, prima di tutto perché non c'erano morti da piangere, e poi perché Mussolini era stato il primo a cominciare. La Bambina, che era pratica di liti infantili, capì, ragionando per analogia, che con questo ci si metteva subito dalla parte del torto marcio.

Papà e la Mamma arrivarono il giorno dopo e subito fecero venire gli uomini di Gondrand per il trasloco: infatti la casa era stata finalmente comprata e si trovava a Gattaiola, vicino a Lucca.

Finalmente venne il giorno della partenza. Sull'Artena viaggiavano, con la Mamma, la Balia Budel, Marina e la Maria. Sulla Balilla guidata da Papà erano la Nora e la Bambina. Filiberto se ne era andato anche lui sotto le armi.

Quando la Balilla arrivò a Nervi la Bambina domandò:

"Siamo arrivati? Ho sete, ho fame e mi scappa la pipì".

La Nora intanto vomitava fuori del finestrino per la quarta volta.

Papà decise di fare la prima tappa all'albergo Bristol di Rapallo dove avrebbero dormito e studiato il modo di operare un rimpasto nella composizione degli equipaggi. L'indomani, alla partenza, disse dunque che poiché la Mamma guidava meglio di lui (e questo era vero) la Nora si sarebbe trovata più a suo agio sull'Artena. Perciò la Nora cambiò posto con la Maria e così vomitarono tutte e due.

Finalmente arrivarono all'albergo Universo di Lucca, dove cominciò la seconda parte dell'infanzia di Francesca.

## II

Il periodo passato all'albergo Universo non lasciò molte tracce nella memoria di Francesca. Fu condotta a vedere la torre dei Guinigi con l'albero sopra, le mura e Ilaria del Carretto col suo cagnolino ai piedi: e queste cose le piacquero molto.

Nel frattempo veniva resa abitabile la casa di Gattaiola, perciò la Mamma passava il suo tempo con muratori e tappezzieri piuttosto che con le sue Bambine.

Fino a che stettero all'Universo la Nora non aveva niente da fare, perciò si occupava di Francesca; ma quando si trasferirono a Gattaiola fu fatta venire una signorina di Firenze che, secondo la Mamma, doveva essere chiamata Nane dalla Bambina. Questo sembrò a Francesca una stupidaggine e contemporaneamente un sacrilegio e, in questa convinzione, fu confortata dal precedente della Nora che non si sognava di chiamare mamma la sua matrigna, benché fosse buona.

La signorina di Firenze, tra l'altro, era odiosa.

Quando la Bambina le chiedeva:

"Dove andiamo a passeggio?"

Quella rispondeva:

"Dove mi pare e piace".

Per fortuna questa creatura detestabile non conosceva altra lingua che l'italiano, e la Mamma, che non ammetteva ci fosse neppure un attimo dell'esistenza di Francesca durante il quale questa non imparasse qualcosa, la licenziò ed assunse la Fräulein Paula.

Costei era terribilmente severa ma non proprio antipatica del tutto. Per esempio le piaceva fare lunghe passeggiate sempre verso mete differenti, raccogliere fiori e così via. Con lei finalmente Francesca potè cominciar ad esplorare Gattaiola.

La casa, che tutti chiamavano la Villa, sorgeva nel mezzo di un parco grandissimo, completamente diverso da quello della Cappuccina. Era tutto di un pezzo, senza scale, e poi non aveva viali di ghiaia e aiole, ma prati immensi ed alberi secolari. La cosa più sensazionale era il laghetto, circondato in parte da alberi e in parte da rive erbose. Al centro aveva un'isola galleggiante di ninfee, e nei suoi punti più stretti era attraversato da due ponticelli. In un'insenatura stava attraccata una barca sulla quale però era proibito andare.

La Villa, a prima vista, non sembrava bella come la Cappuccina, perché si vedeva bene che era vecchissima: con logge, affreschi, soffitti a volta e così via. Francesca però ci si abituò presto e poi le piacque. Nel giardino c'erano altre due case: la Casina Gialla e la Burlamacchi. Poi, al cancello principale, sotto gli alberi, stava nascosta una casa tutta di legno, piccolissima come quelle delle favole. Lì abitava Virgilio, il custode, che aveva il compito di aprire tutte le finestre della Villa al mattino e di richiuderle alla sera. D'inverno poi doveva tenere accesi i fuochi nei caminetti e nella grande fornace che alimentava l'antiquato impianto di riscaldamento ad aria calda.

Vicino all'altro cancello c'era la chiesina, dove stavano sepolti la Principessa con i suoi parenti, i cui eredi avevano venduto la proprietà al Papà e alla Mamma. In un pratino davanti alla cappella riposavano anche i cani di quella nobile famiglia, ciascuno con la sua lapide.

Immediatamente fuori del giardino c'erano i due poderi di pertinenza della Villa: quello di Gino e quello di Carlo.

Gino aveva cinque figli maschi: il più piccolo, Pierino, aveva solo due anni più di Francesca ma lavorava già; il maggiore, invece, che era meno robusto degli altri, veniva fatto studiare da ragioniere.

I figli di Carlo e della Isola erano tre: Renzo che era grande, e Silvano e Silvana, gemelli di quattordici anni. A Francesca questi due ultimi piacquero pazzamente dal primo momento che li conobbe; c'è da dire che furono loro a farle vedere il Primo Maiale della sua vita. La Bambina era stata condotta varie volte al circo equestre e allo zoo, ma mai aveva visto un animale tanto straordinario, così nudo e grasso, con quei piedini ridicoli.

Ma, oltre a questa iniziazione suina, i gemelli dettero a Francesca molti altri motivi per essere considerati due veri amici: per esempio la facevano salire sul carro tirato dalla ciuca, e mai, per tutto il lungo tempo che la Bambina fu afflitta dalle governanti, mai e poi mai, fecero la spia alle Tedesche.


Nel mese di ottobre fu deciso che la Bambina sarebbe andata a scuola, anche se non aveva ancora sei anni. Il Papà e la Mamma però non volevano, con vivo rammarico dell'interessata, che fosse iscritta tra i figli della lupa. La signorina Colombini, maestra a Gattaiola, non amava molto Mussolini ed era disposta ad aiutare chi lo amava ancor meno di lei, perciò tenne Francesca nella sua classe per cinque anni senza che il suo nome figurasse sul registro.

Francesca aveva l'impressione che non amare Mussolini non fosse più così rischioso come appariva dai racconti della Nonna; sembrava anzi che tutti sapessero benissimo che i suoi genitori erano antifascisti, e che di questo non importasse niente a nessuno.

Una volta venne un carabiniere per indagare su Papà. Mentre pedalava faticosamente su per il viale di lecci che dal cancello principale portava alla villa, incontrò il Papà e Francesca che passeggiavano in direzione del laghetto. Si fermò allora, ansimando, al cospetto di quell'autorevole signore che, vestito di lino bianco, conduceva a spasso una bella bimbetta bionda, indicandole gli uccelli in volo col suo elegante bastone da passeggio acquistato a Londra.

Appoggiò la bicicletta al tronco di un leccio e rantolò, allo stremo delle forze:

"Voi conoscete Paolo Rossi?"

"Certo, sono io", rispose Papà cortesemente.

"Ah, benissimo". Il Carabiniere era evidentemente lieto di poter raccogliere le sue informazioni direttamente dall'interessato, evitando così inutili perdite di tempo.

"Risulta" disse "che voi siate un nemico del fascismo".

Papà sorrise paternamente:

"Se ne dicono tante!"

"Cosa ci fate qui a Gattaiola?"

"Questa è casa mia".

Il Carabiniere fece un ampio gesto del braccio, che includeva il parco, la Villa, alcuni servitori e giardinieri che si intravedevano nello sfondo e la Bambina bionda:

"Tutto questo?"

"Eh, sì".

"Molto bene".

Il Carabiniere estrasse il suo taccuino e leccò la matita, avendo ormai tratto le conclusioni della sua indagine. Scrisse infatti, senza esitazione: "non sovversivo, perché possidente".

Poi, dopo aver salutato militarmente, inforcò la sua bicicletta e volò giù per la discesa senza pedalare, libero, nello stesso tempo, dalla fatica e dal sospetto.

A scuola la signorina Colombini seguiva il libro di lettura per la prima elementare (scuole rurali) "La spada e l'aratro"; e, che le piacesse o meno, le sue lezioni erano ispirate a quel testo.

Si faceva un gran parlare del Duce, di come avesse trovato l'Italia in preda a dei non meglio identificati "facinorosi" i quali, senza ragione alcuna, spargevano sangue e distruzione; di come, attraverso geniali riforme, avesse portato ordine e felicità in tutto il paese.

Poi si parlava molto dell'Impero, e si assicurava che anche laggiù il Duce aveva portato pace e felicità, riuscendo, nello stesso tempo, a procurare un posto al sole agli Italiani.

Tra i personaggi storici, grande rilievo avevano Flavio Gioia, Menenio Agrippa col suo apologo,

Giulio Cesare nonchè la Madre Veturia e la Moglie Volunnia, le quali sopraffacevano a tal punto gli scolari con la loro virtù, che nessuno riusciva mai a ricordare di chi fossero rispettivamente madre e moglie.

G. B. Perasso, detto Balilla, era comunque il maggior protagonista di "La spada e l'aratro", e quando se ne parlava in classe tutti i compagni guardavano con ammirazione Francesca, perché anche lei era una Bambina Genovese; ed essa arrossiva dal piacere.

Un giorno Francesca fece un compito in classe di disegno, consistente in due bandiere italiane incrociate, col loro bravo stemma sabaudo e i nastri azzurri legati alle aste. La Bambina non aveva alcun talento per il disegno, ma ce la mise tutta perché la Mamma era tornata a casa da Genova proprio il giorno prima, e bisognava rinverdire il suo languente interesse con qualche piccola bravura.

Al ritorno da scuola, la Bambina corse subito in salotto, dove la Mamma stava chiacchierando con la signora Teghini e la Baronessa De Notter, due vicine di casa. Si avvicinò al divano ed esibì il suo quaderno aperto alla pagina delle bandiere:

"Guarda un po'".

La Mamma dette un'occhiata al disegno e decretò:

"E' una vera schifezza".

E si rimise a conversare. Francesca ci rimase malissimo, ma poiché era orgogliosa, fece finta di trovare l'osservazione della Mamma molto spiritosa e la prese in ridere. Portò la cartella in camera e si mise a studiare la sua povera opera d'arte. Dopo la critica spietata di cui era stato fatto oggetto, il disegno non la pareva più così bello: il verde e il rosso andavano un po' nel bianco; le aste erano storte, c'era qualche ditata. Però non le sembravano pecche sufficienti a definire il tutto "una schifezza".

Poiché sul libro "La spada e l'aratro" fascismo e Italia erano concetti intricati indissolubilmente l'uno con l'altro, ad un tratto, con uno spasimo di angoscia, le balenò l'atroce sospetto di aver fatto un disegno fascista e di essere perciò caduta in disgrazia.

Durante il malinconico pasto consumato nella nursery, pensò ad una frase che potesse rivelare ai suoi genitori che lei non era fascista, anche se aveva desiderato far parte dei figli della lupa, come tutti i bambini. Ci pensò anche tutto il pomeriggio, e finalmente la sera, quando andò a dare la buonanotte ai suoi genitori, gettò là con indifferenza:

"Boh: Giulio Cesare: chissà poi se è esistito davvero! "

La Mamma disse allora:

"Non essere presuntuosa, limitati a parlare di cose che conosci".

Francesca cominciava a non aver più tanto piacere di essere una Bambina, e avrebbe desiderato passare senza indugio allo stato di grande.

Da qualche tempo era ospite alla Villa Elio, il figlio maggiore della Balia Budel. Appena arrivato egli aveva confidato a Francesca i segreti del sesso e della riproduzione, tutte notizie molto interessan-

43

ti, attraverso le quali Francesca poté, tra l'altro, risolvere un mistero che la turbava assai e che riguardava la nascita di Marina.

La signora dalle grandi orecchie che aveva presenziato a questo evento, arguì la Bambina, non era dunque un'imperatrice, il che le era apparso sempre incredibile, ma una levatrice.

Durante questo corso di educazione sessuale, Elio aveva anche avanzato la proposta di fare un bambino assieme.

Il giorno dopo quello delle bandiere, Francesca, che era molto depressa, pensò che mettere al mondo un figlio avrebbe aumentato il suo prestigio, perciò disse ad Elio:

"E va bene, facciamo questo bambino".

Andarono al piano di mezzo, nella stanza degli armadi, e presero posto su una specie di divanetto. Al principio Elio era molto imbarazzato. Ridacchiava, faceva lo spiritoso.

"Dai, facciamo presto" disse la Bambina.

"Eh, un momento" rispose Elio "non avrai mica paura di diventare troppo vecchia per avere figli! "

Infatti egli aveva informato Francesca anche sulla questione della menopausa.

"Non fare il cretino e tira fuori quel pisello prima che arrivi la Nora".

Finalmente lo strumento venne alla luce, ma era una cosa così grinzosa, ridicola, ed anche un po' schifosa, che Francesca non se la sentì di averci a che fare.

"Non ne ho più voglia" disse, e abbandonò Elio, solo nella stanza degli armadi, col pisello in mano.

Nonostante le insistenze del suo mancato seduttore Francesca non volle più andare con lui al piano

di mezzo, ma gli era ugualmente molto grata di aver-
le insegnato tante belle novità, e di questa sua nuova cultura non poteva fare a meno di menar gran
vanto.

"Io so come si fanno i bambini", diceva a tutti,
e ridacchiava con espressione astuta.

Queste sue dichiarazioni vennero all'orecchio della Mamma, che pensò bene di sottoporla ad un terzo
grado:

"Cos'è questa storia che tu sapresti come si fanno i bambini? Dimmi subito come credi che si
faccia".

La Bambina cercava di escogitare una risposta
plausibile:

"Si prende del fango..."

"Non dire bugie alla tua Mamma".

"Si va dal macellaio e si compra della carne..."

Ma la Mamma era implacabile e non si faceva
fessa tanto facilmente. Finalmente, col cuore stretto
dall'angoscia e dalla vergogna, Francesca tirò fuori
la verità. Allora la Mamma negò tutto, disse che i
bambini vengono dal cuore della Mamma e che la
Mamma li ama tanto perché per lei la loro nascita
comporta un dolore atroce.

Francesca non chiese come facessero i bambini a
entrare nelle mamme, nè da dove ne uscissero, benchè il punto interessante della faccenda fosse proprio in quei due particolari. Non disse neppure che
non le sembrava che la Mamma le volesse tutto questo gran bene, perché quello era il genere di pensieri che Francesca teneva per sè.

Da quando la Nane se ne era andata, Francesca
aveva cominciato a nutrire sentimenti filiali nei con-

fronti della Mamma. Ora era lei che annegava nel Bedale durante gli incubi notturni della Bambina, ed era con lei che la Bambina avrebbe voluto stare, era da lei che avrebbe voluto essere vestita e pettinata e accompagnata a scuola.

La Mamma invece non stava mai con nessuna delle sue Bambine, e comunque manifestava gioia e tenerezza solo quando vedeva Marina. Al momento del bacino della buonanotte Francesca riceveva uno schiocco secco e insapore come una pernacchia, mentre Marina veniva strizzata e stropicciata e baciata tantissimo tra la guancia e il collo (dove, questo Francesca lo ammetteva, era molto grassa, calda e morbida) come se la Mamma avesse voluto mangiarsela.

Marina, tra l'altro, non sapeva fare niente: parlava solo udinese, era paurosissima, il suo unico pensiero era il cibo.

Francesca, in clima anteguerra, era stata allevata con criteri avveniristici e razionalissimi, a base di carote crude, germe di grano e così via, e inoltre, l'azione della Nane era stata affiancata da due collaboratrici esterne: Frau Trainer, una dotta signora nata ad Amburgo, aveva il compito di controllare la pronuncia di Francesca e di insegnarle contemporaneamente a leggere e scrivere in carattere gotici; l'insegnante di ginnastica curava che la sua allieva fosse la Bambina più robusta e ardita di tutta la Liguria. Marina invece veniva tirata su dalla Balia Budel a suon di zuppa di fagioli con l'aglio (per prevenire i vermi), nastrini rossi legati alla carrozzina contro il malocchio, infusi di erba vetriola per rinfrescare.

A causa di questo tipo di alimentazione, il più delle volte puzzava da appestare, e, a causa dell'insipienza della Balia Budel nell'accostare golfini e pantaloncini, era sempre vestita in modo approssimativo. Non era una figlia di cui andare fieri, a meno di non accontentarsi del fatto che era bella e grassa.

Francesca cominciò a pensare che l'orgoglio materno acquista importanza solo in mancanza di amore; quando questo è presente quello diventa un elemento trascurabile.


Francesca fu felice quando nell'estate vennero i Nonni e lo zio Enzo.

Tutte le mattine, alle sette, il Nonno piombava nella sua camera, pieno di energia, e ruggiva:

"Svegliati, alzati, lavora". E non le risparmiava proverbi e massime sulla bellezza e utilità delle ore mattutine.

Francesca aveva ancora un po' sonno, ma seguiva volentieri il Nonno nelle sue passeggiate; a lei piaceva stare con lui, e anche lui apprezzava la compagnia della sua nipotina, e non la cercava solo perché a quell'ora nessun altro gli avrebbe dato detta. Il Nonno, al contrario della Mamma, amava i bambini sempre di più man mano che, crescendo, passavano dallo stadio di oggetti in sua balìa a quello di interlocutori, di critici magari.

La Mamma invece era proprio l'opposto: Francesca si ricordava che quando erano a Genova essa le diceva sempre:

"Ti voglio dare il cognac, così non cresci".

La Mamma, infatti, aveva in mente lo schema supremo della perfezione, e su questo schema voleva regolare la propria vita, come una commedia di cui lei fosse autrice, regista e interprete principale. La infastidiva perciò che uno dei suoi comprimari si mettesse ad un tratto a pasticciare le battute, o comparisse in scena con un costume sbagliato o addirittura pretendesse di recitare seguendo un copione tutto diverso, nel quale magari fosse lui il protagonista.

Coi bambini piccolissimi si trovava bene, poiché davano un certo calore umano alla scena in cui recitavano, ma avevano un'autonomia morale di poco superiore a quella di una quinta.

La Nonna perdeva molto tempo con Marina, ma in genere non in modo offensivo. Solo una volta, mentre stavano in giardino, fece tante e tali svenevolezze che Francesca non ne potè più e lanciò una manciata di terra a tutte e due.

Papà fu informato e allora afferrò la Bambina per un braccio con una mano ferrea, e con l'altra la percuoteva sulle gambe mediante il suo raffinato bastone da passeggio. Francesca correva svelta per il viale, cercando di sottrarsi alla punizione, ma Papà correva insieme a lei perciò restavano sempre appaiati. Francesca sentiva un gran male ed era molto confusa. Teneva lo sguardo in basso e vedeva solo i piedi di Papà che correvano implacabili accanto a lei. Ad un tratto disse:

"Che belle scarpe che hai".

E infatti erano bellissime, bianche e marroni coi buchini.

Allora Papà si infuriò ancora di più. Gridava:
"Sfacciata! Ipocrita! "

Anche nel periodo in cui i Nonni furono ospiti a Gattaiola, Papà e la Mamma se ne andavano spesso a Genova. Un pomeriggio che essi erano assenti lo zio Enzo disse alla Bambina:
"Vieni, che ti porto a vedere Pisa".

La Bambina fu entusiasta del progetto: stare con lo zio Enzo era per lei una consolazione e poi era curiosa di vedere la Torre Pendente, di cui le avevano parlato Silvano e Silvana che c'erano stati.

Non passò per la testa a nessuno dei due di avvertire gli altri del loro progetto. Lo zio Enzo caricò la Bambina sul portapacchi della bicicletta e pedalò per venti chilometri fino alla Piazza dei Miracoli. Salirono sulla Torre Pendente, videro la lampada di Galileo Galilei e tante altre cose, poi mangiarono un grande gelato.

Francesca si divertì moltissimo, perché lo zio Enzo spiegava in modo dimesso, senza ascoltare il suono della propria voce: protagonista del racconto era sempre e soltanto l'oggetto della narrazione, mai la persona del narratore, la sua cultura o la sua memoria.

Tornarono a casa tardissimo e trovarono tutti in ansia per la loro sorte. La Nonna era furibonda con lo zio Enzo, perché aveva portato via la Bambina senza avvertire, ma ormai la bella avventura l'avevano vissuta, e nessuno gliela poteva togliere.

Ci fu anche un altro motivo per cui Francesca ebbe a compiacersi della presenza dei Nonni a Gattaiola, fin che durò. Essa continuava ad avere una gran paura di notte, anche se qui non c'erano lampadari parlanti. Poiché da qualche tempo le sembrava che non valesse poi tanto la pena di mostrarsi più coraggiosa di quanto fosse in realtà, quando si svegliava in preda ad incubi notturni, attraversava tutta la casa al buio ed andava a rifugiarsi nel lettone dei Nonni. Se qualcuno lo veniva a sapere, tanto peggio.

Quando i Nonni e lo zio Enzo partirono fu un giorno molto triste, e tristi furono i giorni che seguirono, fino a che le novità che la vita aveva in serbo per lei cancellarono la malinconia dall'immemore cuore della Bambina.

La famiglia stava già a Gattaiola da un bel pezzo: Francesca sarebbe entrata di lì a poche settimane in seconda elementare, Marina parlava e camminava, la Balia Budel, ormai asciutta, era in procinto di andarsene.

Fu allora che nel giardino vennero ad abitare delle altre persone. Prima arrivarono i Vitale, genovesi, amici del Papà, che si insediarono alla Burlamacchi. Il più vecchio era il signor Leonardo, poi c'era il figlio Ruggero con sua moglie Anna e i nipoti Ugo e Puccia. C'era anche una signorina tedesca, che i bambini chiamavano Teta e che stava con loro fin da quando erano piccolissimi; essa aveva dimostrato una predisposizione ad apprendere le lingue molto superiore a quella dei suoi pupilli, infatti aveva imparato benissimo l'italiano, mentre i bambini rifiutavano, con incrollabile fermezza, di pronunciare una sola parola in tedesco.

Il signor Leonardo era davvero molto vecchio e spesso si infuriava. Quando lesse che il rabbino capo della comunità israelitica di Roma si era convertito al cristianesimo, andò in collera con tale abbandono che pareva dovesse prendergli un accidente.

"Quel traditore!" gridava "quel pusillanime! Non crede alla sua stessa religione, figuriamoci se crede a quella degli altri!". I Vitale assorbirono per qualche tempo tutta l'attenzione di Francesca; essa pensava infatti che se avesse potuto condensare in una formula il segreto della propria infelicità, le sarebbe stato più facile sopportarla; e continuamente indagava sulla vita di ogni famiglia che le capitava sott'occhio, confrontandola con quella della propria, soppesando ogni somiglianza ed ogni differenza.

Le apparve subito evidente che Ugo e la Puccia, come lei, erano interamente affidati a mani mercenarie, sia pure amorosissime, poiché la Teta li adorava. Ed anche il governo della casa fu sempre compito di una interminabile successione di servette, le quali, prima di aver avuto il tempo di imparare alcunché, fuggivano in lacrime perché non sopportavano il signor Leonardo, o perché Ugo le aveva prese a sassate, o, spesso, perché la Anna, rimproverandole, aveva trascurato ogni barlume di diplomazia.

La Mamma improvvisò un giorno, al pianoforte, questa canzone in onore della sua amica:

"La nobile Anna
"le serve si mangia
"le picchia e tormenta.
"e poi si lamenta.

Questi versi conobbero un periodo di grande voga presso Francesca, Ugo e la Puccia, i quali si divertivano moltissimo a dar la baia alla Anna cantandole la sua canzone. La Anna, dal canto suo, qualche volta rideva con loro e qualche altra se li levava di torno proprio come la cuoca scacciava il gatto dalla cucina: senza complimenti ma senza sdegno. Essa infatti aveva una qualità rara, che faceva di lei una persona straordinariamente simpatica: la capacità di attribuire veramente lo stesso grado di importanza — non eccelso — a tutte le cose vicine e lontane, compresa la propria persona.

Quando, dopo la guerra, la famiglia Vitale si trasferì a Rapallo, la Puccia, in terza elementare, fece un componimento sul tema: "La mia mamma". Esso era così concepito:

"La mia Mamma, quando mi alzo per andare a scuola, non la vedo perché dorme. Essa seguita a dormire fino alle ore 11, ma poi si deve svegliare perché viene la masseuse. Alle ore 12 e 30 essa va a prendere l'aperitivo al bar dove si trovano tutte le persone. Nel pomeriggio gioca a golf o a bridge. La sera va ancora fuori e torna molto tardi: ecco perché la mattina deve dormire fino alle ore 11. La Mamma è l'angelo della casa".

Questo componimento, nel suo involontario umorismo, era scruplosamente conforme al vero, compresa la frase retorica di chiusura, in cui era racchiusa una stravagante ma inconfutabile verità.

Ugo era pestifero. Francesca aveva bisticciato molte volte con i suoi cugini, a Genova; ma Ugo fu il primo coetaneo che passò con lei a vie di fatto. Precisamente, durante un diverbio, egli le assestò una forte bastonata sugli stinchi, servendosi di un bracciolo che aveva divelto da una sedia a sdraio.

Francesca corse a casa, dove sapeva che avrebbe trovato la Mamma, attorno al tavolo da gioco, con Papà e i Vitale grandi. Pregustava la gioia della consolazione che avrebbe ricevuto, poiché sapeva che la giustezza delle proprie lamentele era assolutamente inattaccabile.

Dopo che Francesca ebbe fatto il suo racconto, la Anna disse:

"Quel gaglioffo. Quando lo pesco lo sistemo io".

E su questo la Bambina poteva contare, perché la mamma di Ugo, abitualmente molto allegra e affettuosa con i suoi figli, somministrava le punizioni in modo sbrigativo e senza tante cerimonie.

La Mamma, invece, fu ancora una volta una sorpresa per Francesca. Essa disse:

"Sia questa l'ultima volta che mi vieni a piagnucolare perché un amico ti ha picchiato. D'ora in avanti per ogni botta che tu mi denuncerai io te ne darò due; perciò fammi il piacere di arrangiarti da sola. Non cominciare mai tu per la prima, ma se qualcuno ti aggredisce, rendigli ciò che ti ha dato e fatti rispettare".

A proposito di botte, un'altra che era alquanto manesca era la Fräulein Paula. Essa soprattutto si infuriava quando Francesca cadeva o si faceva male: e ciò avveniva spesso, perché era una Bambina senza prudenza. Allora, oltre ai lividi e ai graffi che si era procurata da sè, a Francesca toccava prendere anche un paio di ceffoni dalla Fräulein.

Anche di questo, una volta, la Bambina aveva sporto denuncia alla Mamma, ed essa aveva risposto laconicamente:

"Certamente la Fräulein avrà avuto le sue buone ragioni".

Francesca aveva alla fine capito che la giustizia umana si basava su due principi fondamentali, cui erano completamente estranee la ragione e la verità:

1) chi è investito di una qualche autorità non è mai in torto: sulla possibilità di un suo sbaglio non vale neppure la pena di indagare.

2) coloro che hanno pari grado gerarchico, o nessun grado, sarà bene che abbiano anche pari potenza muscolare: in questo modo, ognuno potrà rendere puntualmente il male ricevuto senza scomodare nessuno. Non è contemplato il caso di una modesta ma insuperabile disparità di forze; l'autorità superiore entra in ballo solo quando una Bambina di sette anni commette delle prepotenze ai danni di una sorella di due.

Comunque, sia pure con una certa amarezza, Francesca mise in pratica il consiglio della Mamma. Alla prima occasione sottopose Ugo ad una energica rappresaglia, e il trucco funzionò, perché da quella volta egli la lasciò in pace e fu sempre un buon amico.


Purtroppo, però, Ugo e la Puccia avevano solo, rispettivamente, sei e quattro anni: e Francesca disdegnava i bambini più piccoli di lei. Ma intanto la Anna aveva scritto a sua sorella Lilla, che stava a Milano con la famiglia, dicendo che Gattaiola era una bellezza e non pareva neppure di essere in guerra: così anche il gruppo dei Carano, molto più interessante, venne a stabilirsi nel parco della Villa, alla casina gialla.

C'erano i nonni, i genitori, un ragazzo e una bambina. Il ragazzo si chiamava Ranieri e aveva dodici anni. Era alto, molto bruno, magro e intelligentissimo. Francesca se ne innamorò all'istante. La sorella si chiamava Paola, aveva un anno più di Francesca e lì per lì fu una delusione. Non solo era incapace di fare acrobazie, ma non sapeva salire neppure sul più semplice degli alberi. Poi imparò, anche se non fu mai spericolata come Francesca, e le due bambine passarono insieme sei anni bisticciando e confessandosi segreti, amandosi e odiandosi come due vere amiche. Verso i dodici o tredici anni scrissero anche, in collaborazione, un romanzo, rimasto inedito e incompiuto, che aveva per protagonista un fascinoso architetto. Il nome d'arte sotto cui le due socie si celavano era Francesca Paola Cassi Rorano.

I nonni della Paola erano il Generale e la Signora Cristina. Il Generale non faceva più la guerra perché era vecchissimo, infatti morì poco tempo dopo che i Carano erano venuti a stare a Gattaiola.

La Signora Cristina era sottile e dritta, indomabilmente energica. A chiunque avesse a che fare con lei riservava, senza distinzione di ceto, un'affettuosità brusca e priva di smancerie.

Aveva quell'efficenza, quella capacità e quella voglia di rendersi utile che Francesca aveva imparato per esperienza essere la caratteristica saliente delle signore che sanno fare le iniezioni. Il padre della Paola era il Colonnello. Poiché era giovane, lui la guerra doveva farla, e a Gattaiola ci stava poco.

Quando c'era, assisteva ai compiti della Paola e di Francesca. Aveva una matita rossa e blu che usava per far loro specchietti, promemoria ed altro, con uno stampatello un po' quadrato, elegantissimo, che Francesca ammirava profondamente.

Nel tardo pomeriggio, quando faceva più fresco, si dedicava all'istruzione sportiva di tutti i ragazzi, esclusa Marina che era troppo piccola. Tendeva un filo tra due paletti, per il salto in alto, e misurava quanto ciascuno era capace di superare; organizzava delle gare di corsa.

"Passi lunghi, in punta di piedi", diceva.

La Lilla era dolce e gentile, sempre tutta elegante e inappuntabile: essa non si sarebbe sporcata le scarpe neppure se fosse entrata in un porcile. Aveva un aspetto molto aristocratico, così alta e sottile; camminava a piccoli passi e aborriva ogni esercizio fisico. Lei e la Anna venivano chiamate le Principesse, ma il titolo era passato alla seconda solo per estensione: infatti, esuberante, pasticciona, imprevidente, piena di vita com'era, dava un'impressione di spontaneità totale tutt'altro che principesca.

Il primo sentimento che la Paola suscitò in Francesca fu un'invidia senza quartiere a causa di un vestitino che aveva.

Era di lanetta rosa a pois bianchi, con la gonna arricciata e la parte superiore ricamata: si chiamava il Vestito delle Principesse. Il modello era stato infatti tratto da un giornale illustrato sulle cui pagine comparivano Maria Pia e Maria Gabriella di Savoia con indosso appunto l'indumento in questione.

Francesca era assetata di arricciature, di nido di ape, di vitine di vespa, di fiocchi sul sedere: questo perché la Mamma la vestiva seguendo criteri diametralmente opposti, ispirati ad una grande purezza di linee, ad una ricerca ossessiva dello "chic", ad un disprezzo per tutto ciò che lontanamente sapeva di civettuolo. Tra l'altro, poiché la Mamma faceva tutto in grande, succedeva che, ogniqualvolta veniva ideato per la Bambina un modello particolarmente indovinato secondo l'autrice (e quindi particolarmente lontano dai gusti dell'inerme Francesca) questo veniva eseguito in diversi esemplari, con variazioni minime. Per esempio: un completo di pantaloncini e camicia, bordato ai taschini e sui fianchi di passamaneria in colore contrastante, fu realizzato nelle seguenti versioni: rosso con blu, blu con rosso, beige con marrone, grigio con rosso.

Francesca indossò quasi quotidianamente, per un paio d'anni, questa specie di divisa da carabiniere, e l'odiò con tutto il cuore. La Bambina non confessò mai alla sua amica di provare invidia per il Vestito delle Principesse: pensava che, se lo avesse fatto, la Paola si sarebbe certo montata la testa, credendosi chissà che dea. Invece non si faceva scrupolo di interrogarla sulla sua vita familiare, paragonandola alla propria, per individuare il segreto della smania che aveva in sé. La Paola partecipava di buon grado a questa fatica di Sisifo, anche se non riusciva a capire cosa fosse mai a rodere tanto l'anima della sua amica.

"Ma non ti manca mai la tua mamma?" domandava Francesca.

"No di certo, è sempre lì".

"Ma la mattina, quando vai a scuola, non è lei che ti prepara la colazione: ti pare normale?"

"Poveraccia, le piace dormire. A me non importa".

"Forse perché durante il giorno, poi, traffica per la casa".

"Un po' sì, ma mica tanto. A un bel momento ci molla tutti e se ne va a casa tua a giocare a bridge. Lo sai".

"E neppure di questo ti importa?"

"Ti dico di no. Sarebbe orribile averla sempre alle calcagna".

"Per l'amor del cielo. Per questo hai ragione".

La Paola e Francesca, nella scelta dei loro giochi, avevano una predilezione per tutto ciò che era pericoloso o comunque proibito. La sorveglianza delle madri sarebbe stata certamente una gran seccatura.

"Ma insomma", Francesca non si arrendeva, "quando tu e tuo fratello e i tuoi cugini vi domandate se i vostri genitori vi vogliono bene oppure no, come fate a trovare una risposta? Vi accontentate di contare i soldi che spendono per voi?".

"Noi non ce lo domandiamo affatto, cara mia. Io almeno no di certo. Secondo me sei tu che sei matta, ci pensi troppo, a queste fesserie. Per me mia madre è come il mio letto: quando mi serve per andare a dormire c'è sempre, e io lo so; nelle altre ore non mi viene in mente di andare continuamente a controllare se è al suo posto. Capisci cosa voglio dire?".

Francesca capiva, ma capire le serviva a poco. Certo a lei non sarebbe mai passato per la testa di paragonare sua madre ad un mobile di casa, ma piuttosto ad un fenomeno atmosferico, imprevedibile e bizzarro, sottoposto — nel suo verificarsi e nei suoi effetti — a leggi imperscrutabili per il cervello di una Bambina.

Francesca continuava a domandare e ad osservare.

In casa Carano nessuno incarnava la verità. La Bambina non assistè mai ad alcun litigio, ma spesso a discussioni, anche molto vivaci, cui tutti partecipavano molto liberamente, compresi i ragazzi e la Ida e la Bruna, due sorelle che avevano funzioni, rispettivamente, di tuttofare e di sarta. Costoro vivevano presso i Carano già da alcuni anni, e la Paola era loro molto affezionata. Anche Francesca fu subito presa dal loro fascino. Le conversazioni fra le due bambine avevano spesso come argomento i grandi, che esse cercavano sempre di catalogare; della Ida e della Bruna esse dicevano con ammirarazione: "Sono moderne".

Le due sorelle, infatti, conoscevano i nomi degli attori in voga, fumavano, si truccavano. Nella Villa e alla Burlamacchi vivevano e operavano, tra cuoche, camerieri, giardinieri ed aiutanti vari, un'altra decina di persone: presso costoro la Ida e la Bruna conquistarono una posizione di altissimo prestigio, dovuta al fatto che esse erano infinitamente più disinvolte, più informate, più anticonformiste di tutti gli altri.

Certi giorni, quando dai Carano non c'era niente da cucire, la Bruna si trasferiva, con i ferri del mestiere, alla Burlamacchi oppure alla Villa; dovunque essa fosse, Francesca e la Paola non mancavano di farle una visita, nel pomeriggio, poiché attorno a lei si raccoglieva sempre un piccolo salotto, cui partecipava, a turno o all'unisono, tutta la servitù delle tre case del giardino; e queste riunioni erano infinitamente stimolanti per la fantasia delle bambine. Nella guardaroba si parlava di divi del cinema, di politica, e spesso, in una sintesi dei due argomenti, degli amori tra il Duce e la Petacci. Anche degli amori, meno illustri, che si svolgevano nel giardino e nelle immediate vicinanze, si faceva un gran parlare; tuttavia, in presenza della Paola e di Francesca, la Bruna e i suoi ospiti si esprimevano con un linguaggio molto sibillino, perché temevano che le bambine andassero poi a spettegolare.

L'arrivo dei Vitale e dei Carano, dunque, portò una ventata di novità a Gattaiola, e trasformò completamente la vita di Francesca. La Bambina cominciava al mattino presto a dividere la sua giornata con la Paola; chi era pronta per prima andava a prendere l'altra per andare a scuola, dove sedevano allo stesso banco. Insieme tornavano a casa, spesso una delle due invitava l'altra a colazione, facevano insieme i compiti, insieme giocavano, insieme partecipavano alle riunioni della guardaroba.

Era perciò la Paola il personaggio più importante di questo nuovo capitolo della vita di Francesca, ma anche le figure secondarie che avevano popolato il mondo della Bambina, le avevano mostrato una realtà sconosciuta, viva e articolata, che l'incantava.

Francesca amava molto tutti questi nuovi venuti, e del resto il suo animo era sostanzialmente affettuoso nei confronti del mondo intero, benché, per l'orrore che aveva delle smancerie, il suo modo di fare fosse sempre brusco e sarcastico, e spesso anche sgarbato. Comunque i Carano, i Vitale — così come già i contadini e i domestici — vedevano, sotto la sua grinta di peste conclamata, l'affetto che nutriva per loro; e seguitarono a vederlo anche quando, crescendo, diventò sempre più indisciplinata. Essi dicevano:

"Francesca ha il cuore buono, in fondo".

Da questo ritornello, che la lusingava assai, la Bambina deduceva il corollario che Marina la dolce, l'obbediente, la coccolona, nascondeva nei recessi del suo animo duenne una segreta perfidia.

"Tu sei un sepolcro imbiancato" le diceva.

All'inizio le relazioni di Francesca con tutti questi Italiani incontrarono una certa resistenza da parte della Mamma, la quale temeva che la Bambina avesse a dimenticare il tedesco; ma quando fu evidente che essa conosceva benissimo questa lingua, e che bastavano le ore trascorse con la Fräulein ai pasti e durante le operazioni di lavaggio e di vestizione perché fosse scongiurato il pericolo di dimenticare ciò che aveva appreso, ogni obiezione cadde.

Nelle città intanto la vita era sempre più impossibile: anche Papà chiuse lo studio e non tornò più a Genova. Con lui venne il suo amico Leoncini per una vacanza di una settimana. Quando stava per ripartire, Papà e la Mamma gli dissero:

"Cosa vai a Genova a farti bombardare".

Così lui si fermò per due anni, fino alla fine della guerra.

Poiché Leoncini aveva portato con sé una valigetta con tre camicie e due paia di calzini, e poiché non erano tempi in cui si potessero fare grandi acquisti, egli indossò, dal 1942 al 1944, indumenti di accatto, e rimediati alla meglio. Portava le canottiere rosa della Mamma, con la forma del seno, e le camicie di Papà, cui la Bruna toglieva un quadrato dalla schiena per rifarci il colletto, sostituendolo con un pezzo di stoffa tratto da qualche tenda. Una volta un certo signor Benedetto, in visita a Gattaiola, dimenticò il suo cappotto e sparì nel vortice della guerra: la Mamma decise che l'indumento sarebbe stato assegnato a Leoncini, e così fu.

Una volta che egli passeggiava per Lucca con le Principesse, avvolto in questo capo, fu seguito insistentemente da un cane. Tutti dissero:

"Deve essere il cane di Benedetto".


Per tutta la durata della guerra nessuno, a Gattaiola, soffrì la fame, ma l'obbiettivo di saziare una famiglia non si poteva raggiungere senza una certa genialità. La Lilla aveva le mani di fata, e con nulla riusciva a combinare dei pasti accettabili; la Mamma invece, che non provava nemmeno a mettersi davanti ai fornelli, rivelò uno straordinario talento, nel campo della sopravvivenza, attraverso tutta una serie di trovate. Intanto convocò la Balia Dina e suo marito Paolo, zii della Nora, affinché scendessero dall'Appennino Emiliano con un gregge di cento pecore, che fu messo a pascolare nei prati del parco. Sempre nel parco, allo stato semiselvaggio, veniva allevato un grosso branco di oche. I contadini, naturalmente, avevano le mucche a mezzadria e gli animali da cortile di loro esclusiva proprietà, come era la consuetudine; per la famiglia invece la Mamma fece adibire a pollaio, conigliera e porcile una parte del fabbricato in cui si trovava la scuola elementare, che doveva essere stata in antico l'abitazione del fattore e faceva ancora parte della proprietà.

Naturalmente c'erano l'orto e il frutteto, si facevano i fichi secchi e la conserva di pomodoro, che veniva messa ad asciugare su grandi vassoi di legno davanti alla porta principale della Villa.

La Mamma escogitò anche un sistema per seccare le mele, e Papà e Leoncini dovevano sbucciarle e tagliarle a fette rotonde.

Si raccoglievano, si mangiavano, si seccavano, si mettevano sott'aceto tutti i funghi commestibili che crescevano nella zona: e grazie alla cuoca Ada, grande micologa, nessuno fu mai avvelenato.

Si raccoglievano i capperi che crescevano nelle fessure dei muri per metterli sotto aceto, si pescavano i pesci nel laghetto, si seccavano i fiori di tiglio e di camomilla per sostituire il thé che mancava.

Oltre che di cibo c'era penuria anche di tutto il resto, ma la Mamma non si sgomentò. Essa stabilì che intorno al laghetto fosse coltivata la canapa, che poi veniva tagliata, legata in mazzi, messa a macerare nell'acqua e battuta affinché perdesse la sua parte legnosa. Essa era poi affidata a mani estranee per essere filata e tessuta.

La Mamma trovò anche, nell'enciclopedia, un sistema per fare il sapone: venivano fuori delle palle marroni, pesantissime, che non facevano molta schiuma. Il loro potere lavante era tuttavia anche troppo agli occhi di Francesca: come lo zio Enzo essa infatti aveva preso dal ramo Semeria, una famiglia che vantava tra i suoi membri un illustre predicatore, ma che era stata sempre nemica dell'eccessiva pulizia. Anzi, pare che quell'insigne ecclesiastico fosse stato il più sudicio di tutti.

Mancava lo zucchero, e l'aspirazione delle madri era quella di prolungare nell'inverno la dolcezza dei mesi dell'abbondanza. In particolare pareva impossibile che non ci fosse modo di confezionare, senza zucchero, una marmellata abbastanza dolce e serbevole con i kaki, che maturavano a tonnellate. Di fronte a questa quadratura del cerchio, tutti dovettero però arrendersi, compresa la Lilla, autrice di una famosa torta di carote. I kaki andavano mangiati così com'erano, e se erano troppi si dovevano lasciar marcire.

Francesca andava perdutamente orgogliosa della sua Mamma da tutti i punti di vista, ma soprattutto l'ammirava in questa frenetica attività, cui ella non partecipava gran che materialmente, ma che aveva in lei il suo centro motore.

La Bambina sapeva che i mezzi di cui la sua famiglia disponeva, per sopravvivere, erano di gran lunga superiori a quelli di tutte le altre famiglia che essa conosceva, dentro e soprattutto fuori del parco; ma le sembrava che la mostruosità dell'ingiustizia fosse in quei momenti un po' attenuata, poiché il privilegio era in gran parte legato alla clemenza delle stagioni e perché il relativo benessere, che regnava alla Villa, richiedeva che la Mamma non cessasse mai di inventarne una dopo l'altra.

Anche vestire le Bambine che crescevano era diventato un problema. Gli abiti cominciarono ad essere confezionati con le tende e le fodere dei divani. Uno degli ultimi tagli di stoffa comprato normalmente in un negozio fu un jersey di lana autarchica blu con cui la Bruna fece un vestito per Francesca. Poiché il materiale era eccezionalmente moscio e inconsistente, il vestito crebbe con la sua proprietaria finché addirittura la sorpassò, arrivandole ai piedi. Allora fu riposto per un uso futuro, ma per fortuna la guerra finì prima che Francesca lo raggiungesse.

Francesca e la Paola, dal canto loro, misero su un commercio di tabacco rigenerato, ottenuto da cicche disfatte, il cui contenuto veniva lavato nel thé di tiglio e messo a seccare al sole. Loro clienti principali erano Leoncini e il Colonnello Carano, quando c'era.

Francesca aveva un'enciclopedia per ragazzi, pubblicata prima della guerra, che si chiamava il Tesoro. In essa, tra l'altro, si insegnavano esperimenti fisici e chimici, giochetti, scherzi vari. C'era scritto: "prendete un uovo" oppure "prendete un decilitro d'olio" e anche "prendete del sale da cucina". A Francesca sembravano cose da pazzi.

# III

La Villa apparteneva, come ho detto, alla frazione di Gattaiola, ma si trovava esattamente a metà strada fra la propria chiesa parrocchiale e la pieve di Vicopelago. Accanto a quest'ultima sorgeva un convento di monache di clausura, presso il quale venne a rifugiarsi, capitanato da un prete che si chiamava Don Cavalleri, un gruppo di suore dell'apostolato liturgico di Genova.

Queste pie donne istituirono un corso di catechismo e di canto corale che fu frequentato anche dalla Paola e da Francesca: e qui per la prima volta la fede delle bambine vacillò. L'insegnamento morale che veniva impartito era ispirato ad una rancorosa diffidenza verso tutti i maschi e basato sulla condanna assoluta di ogni forma di civetteria, quali le maniche corte, i tacchi alti, il rossetto. Le due bambine capirono che, secondo le suore, la Lilla, la Anna, la Mamma, la Ida, la Bruna e persino la signora Cristina, erano condannate senz'altro alle fiamme dell'inferno a causa del loro abbigliamento immodesto; e questa non la bevevano. Inoltre non capivano perché il buon Dio avesse creato l'uomo, se questi era davvero l'animale immondo che dicevano le suore; né capivano perché queste ultime fossero tanto pappa e ciccia con Don Cavalleri che era un uomo, e simpatico per giunta. Infatti essere spiritosi e di buon umore era peccato, anche se veniale: almeno così avevano capito.

Per quanto l'incredulità si fosse ormai fatta strada nella mente, l'anima soccombeva ad una sorta di misticismo ogni volta che le due amiche varcavano la soglia del convento. Le stanze semibuie, con le persiane alla rovescia, pervase dall'odore d'incenso, il giardinetto chiuso da muri altissimi e gremito di fiori profumati, producevano in loro una specie di ubriachezza, durante la quale i lumi della ragione passavano in secondo piano.

Le lezioni che le bambine preferivano erano quelle in cui esse venivano preparate, assieme alle loro coetanee, a cantare in coro alla messa di Natale e a quella di Pasqua. Chi doveva fare l'alto, chi il basso, chi semplicemente mugolare nel sottofondo. La Paola e Francesca cantavano molto bene ed ebbero perciò sempre parti di rilievo.

Papà e la Mamma non andavano mai alla messa, ma, per qualche ragione, pensavano che la famiglia dovesse recarsi al gran completo alle due funzioni più importanti dell'anno liturgico. Purtroppo, mentre la chiesa di Vicopelago era un bruttissimo edificio moderno, quella di Gattaiola era uno dei più suggestivi esempi di romanico campagnolo che si potessero desiderare, per farsi prendere dalla commozione religiosa due volte all'anno: perciò le lunghe prove di Francesca non si concretizzavano mai nell'esibizione finale, e il brivido del debutto giungeva a lei solo attraverso i racconti della Paola.

Francesca, per principio, si ribellava all'autorità: non si dava mai il caso che essa ricevesse un ordine senza protestare furiosamente; e non la tratteneva la certezza che ogni sua protesta sarebbe stata invariabilmente respinta, e che a questa sconfitta si sarebbero aggiunte le sanzioni dovute al fatto sostanziale della protesta, e alla forma, sempre collerica e aggressiva, con cui era stata presentata.

Tuttavia non disse mai a nessuno che avrebbe voluto andare alla messa di Natale e di Pasqua a Vicopelago, perché non avrebbe mai ammesso che ci teneva moltissimo a cantare nel coro.

Un giorno le suore organizzarono una specie di recita in cui le bambine impersonavano una festa o ricorrenza o solennità liturgica. Esse erano avvolte in un tonacone dello stesso colore dei paramenti sacerdotali corrispondenti al momento che ciascuna di esse rappresentava. Era stato stabilito che la bambina più diligente nello studio del catechismo avrebbe impersonato la Pasqua, la seconda il Natale e giù giù, attraverso la Pentecoste, il Corpus Domini, eccetera fino alle interpretazioni meno affascinanti che erano riservate alle più lazzarone. La Paola fece la Quaresima e Francesca la Settuagesima: entrambe indossavano una specie di sudario di una stoffina lucida di colore viola.

La parrocchia di Gattaiola non faceva niente di tutto questo; solo una volta all'anno c'era una grandiosa processione che attraversava anche il giardino e si soffermava nella cappella a portare l'omaggio di Dio alla nobiltà sepolta e ai suoi acquirenti ancora in vita.

Era l'uso che durante tutto il percorso la processione passasse sempre su un tappeto di fiori; a ogni famiglia del paese competeva l'obbligo di eseguire il pezzo antistante la sua casa.

I bambini del giardino, compreso Ranieri, che per l'occasione usciva dal suo splendido isolamento, la micologa Ada, la Nora, la Ida, la Bruna, Silvano e Silvana si incaricavano della decorazione dei viali del parco.

La progettazione aveva inizio con molti giorni di anticipo, ed era fonte di accese discussioni nelle quali la Nora aveva sempre la meglio su tutti, poiché la ragazzina timida e un po' rozza si era trasformata in una giovane donna molto efficiente e volitiva.

In base ai disegni, che si era stabilito di eseguire, si calcolava poi quanti cesti di petali gialli ci volevano, quanti di rossi, quanti di azzurri. Tutte le parti verdi dovevano essere fatte di timo selvatico, che quando il parroco e i suoi seguaci lo calpestavano emanava un profumo paradisiaco.

Poi si passava alla raccolta dei fiori e all'esecuzione del tappeto: poiché tutto doveva essere fresco e fragrante, queste due operazioni avevano luogo il giorno stesso della processione, con mobilitazione generale e senza un attimo di sosta.

All'alba tutti si sparpagliavano in ogni direzione, e ciascuno era incaricato di procurare un certo tipo di fiori, per evitare che una dannata coincidenza facesse sì che tutti si ritrovassero, al ritorno dalla raccolta, con materiale dello stesso colore.

La Puccia e Marina restavano nei prati del parco sotto gli occhi delle signorine, mentre Ranieri, la Paola, Ugo e Francesca andavano nelle vigne e nell'oliveta. La Ada andava più lontana di tutti, perché era l'unica che sapesse dove si trovava il timo selvatico.

70

La processione, in sé, non era poi niente di speciale, ma la sua preparazione fu per Francesca, ogni anno per molti anni, una felice avventura.

Un'altra grande esperienza religiosa della Bambina fu la Prima Comunione, e ancor più, di nuovo, la preparazione che la precedette.

La Paola aveva già fatto la sua a Milano quando era ancora molto piccola, perché i suoi genitori avevena pensato di fare tutt'uno con quella di Ranieri e togliersi così il pensiero. Francesca ricevette dunque il sacramento assieme a Ugo, il quale fu però preparato dal parroco di Gattaiola, perché le suore non volevano avere a che fare con nessun maschio, qualunque età avesse.

Francesca fu catechizzata a dovere e, quando si fu nell'imminenza del gran giorno, fece tre giorni di ritiro. Il ritiro consisteva nell'alzarsi presto e, senza parlare con nessuno, andare al convento con una parca colazione nel panierino. Poi, per tutto il giorno, eccetto all'una e mezza, quando si mangiava in silenzio, bisognava pregare e meditare tra i fiori del giardino.

La sera si tornava a casa, si cenava e si andava a letto senza scambiare una parola con nessuno. Questo rituale riattizzò la languente fede di Francesca, la quale fu obbediente e pia per qualche settimana.

La sua bontà ebbe però un'eclissi il giorno stesso della Prima Comunione, segno che questo sacramento continuava a farle il brutto effetto di quando era stata la Nini a riceverlo.

Non fu però così scandalosamente maleducata come al ricevimento di Piazza De Ferrari: solamente salì sugli alberi dove strappò il velo bianco, andò in barca con Ugo sul laghetto e infine perse una scarpa che non si trovò mai più. La Mamma, che le aveva comprate belle grandi, ed aveva intenzione di tingerle di blu, e nutriva la speranza che durassero chissà quanto, divenne furibonda.

Passata la giornata, Francesca tornò nel clima mistico e riprese a far fioretti e buone azioni.

Con la Paola decisero di inserire la religione anche nei loro giochi, e precisamente di giocare alla messa. Le suore avevano fornito tutte le bambine di un libretto con la messa in latino, affinchè potessero rispondere in coro al prete. Paola e Francesca, in fondo, erano abbastanza conservatrici e non avevano mai pensato all'ipotesi del sacerdozio femminile: così obbligarono Ugo a imparare tutta la parte dell'officiante a memoria, per poter dire messa senza leggere, che sarebbe stato vergogna. Le bambine rispondevano in coro, trasportavano il Vangelo da sinistra a destra e viceversa, porgevano le ampolle e così via.

Il loro altare si trovava in una specie di grotticina artificiale dietro la Villa, ed era sempre ben tenuto, tutto pulito e pieno di fiori.


Una bella estate, Francesca ottenne finalmente il permesso di uscire ancora in giardino dopo cena, per continuare a giocare con gli amici fino al buio. Quella era l'ora più incantata di tutto il giorno.

Davanti alla Burlamacchi, c'era un pergolato di roselline rosa, sostenuto da trenta colonne di pietra. Una sera, poco prima di andare a letto, i bambini stavano osservando la luna.

"Guarda Caino che fa le frittelle" disse la Puccia. Ugo era assai più scientifico della sorella:

"Sono crateri" corresse.

"Gobba a ponente, luna crescente", sentenziò Francesca. "Tra qualche giorno sarà piena"

Ranieri, e anche la Paola, che nutriva per lui una venerazione canina e gli dava sempre ragione, dissero che ci voleva molto di più.

"Cresce molto lentamente", disse Ranieri senza esitazioni, com'era suo costume. "Ci metterà un mese".

Intervenne anche Marina affermando:

"Ci metterà un anno", ma fu subito messa a tacere.

Si accese invece una discussione tra i più grandi per stabilire se ci metteva un mese per attraversare tutte le sue fasi o solo per trasformarsi da fine fine a tonda; e poi anche se davvero era un mese. Ranieri faceva la terza media e, per dire la verità, era bravissimo; ma a quei tempi le scienze si incominciavano a studiare solo più tardi, e lui di astronomia ne sapeva quanto gli altri, anche se era saccente come al solito. Decisero allora di guardare sul Tesoro e trovarono: 29 giorni, 2 ore, 44 minuti, 28 secondi.

All'unanimità decisero allora di condurre un esperimento scientifico, consistente nel ritrarre la luna ogni sera su una delle colonne del pergolato, per vedere in quanti giorni sarebbe tornata al punto di partenza: se il Tesoro non mentiva le colonne erano proprio giuste di numero.

Scrissero la data sulla prima e vi ritrassero la sottile falce che brillava in cielo. Fecero il lavoro con molta cura, usando uno dei gessi che tutti quanti non mancavano mai di rubare a scuola.

In seguito, finchè durarono le colonne, furono completamente assorbiti durante il giorno nell'attesa della sera e durante la sera nell'eseguire il ritratto. Per un certo periodo, benchè la notte fosse serena, la luna non si presentò in cielo, come il Tesoro aveva pronosticato. Per fugare ogni dubbio i bambini attendevano il più a lungo possibile girando tutto il giardino per cercare nuovi punti di osservazione; infine mettevano la data sulla colonna corrispondente a quella sera, e al posto del ritratto scrivevano "no".

Fu una grande soddisfazione quando, esaurite le colonne, constatarono che tutto era regolare e che l'esperimento era riuscito.

Una delle sere "no" Papà e Silvano organizzarono una battuta di pesca con la corrente elettrica, nel laghetto. La parte tecnica di questa operazione fu sostenuta per intero da Pompeo che era, assieme alla moglie Erina, uno degli ultimi arrivati nel piccolo mondo di Francesca.

Erina era venuta come cuoca, mestiere per il quale aveva uno straordinario talento, relegando la Ada al rango di aiutante. Allevava ed amava teneramente un grosso gufo, e cucinava tenendo in testa un cappello adorno di piume.

Pompeo era stato bellissimo in gioventù e aveva fatto il modello per i pittori. Ora era stato assunto come autista cameriere. La sua qualifica di autista era però puramente onoraria, poiché l'auto non aveva benzina per camminare; quanto all'attività di cameriere bisogna dire che non gli piaceva molto e che egli la svolgeva con grande distacco.

Ciò in cui eccelleva era nell'ideare, studiare e costruire ogni sorta di oggetti, apparecchi e marchingegni. Con un'attrezzatura minima lavorava il legno, il cuoio, il ferro, l'ottone e qualsiasi altro materiale. Per i ragazzi aveva costruito carretti con cui filare giù per i viali in discesa, kriss malesi con la lama serpeggiante, scimitarre, capanne sugli alberi, altalene, anelli, trapezi.

Aveva fatto paralumi e appliques, soffietti e parafuochi per i camini, mole rotanti per affilare i coltelli e persino un cavallo con cavaliere T'ang, copiato da un'imitazione che c'era in casa.

Fu quindi lui a costruire il congegno per questa pesca che risultò miracolosa e quanto mai provvidenziale per tutto il vicinato.

La scossa elettrica si limitava a stordire i pesci: i piccoli venivano lasciati liberi e i più grossi furono catturati e trasferiti in una vasca di dimensioni ridotte dove si potevano facilmente prendere con un retino. C'erano lucci, tinche, carpe, anguille; per qualche giorno tutti ebbero pesce a volontà.

L'intera operazione fu una festa straordinaria per i ragazzi. Francesca sperava anche che l'atmosfera propizia spingesse finalmente Ranieri a corteggiarla, ma questo non avvenne nè quella sera nè mai. Bisogna dire infatti che l'indifferenza dimostratale da Ranieri era veramente assoluta: mai le capitò, prima e dopo di quei tempi, di essere così completamente ignorata da un uomo, grande o piccolo, su cui avesse messo gli occhi.

Vicino al laghetto c'era il casotto della pompa che mandava acqua alla Villa: di qui Pompeo aveva prelevato la corrente mediante un lungo cavo, alla cui estremità libera era stata assicurata una canna di bambù, che terminava con una specie di retino piatto: a quel punto il filo era scoperto e dava la scossa. A metà della canna, Pompeo aveva messo un interruttore che permetteva di attivare e disattivare tutto l'ordigno.

Papà, Silvano e Pompeo avevano preso posto nella barca, che aveva a poppa un'accecante lampada ad acetilene: uno remava lentamente, l'altro dirigeva la luce della lampada sull'acqua e avvistava i pesci e il terzo gridava:

"Fuori le mani dall'acqua" e tuffava la canna elettrica nel chiarore della lampada.

Allora c'era un gran guizzare di squame: si staccava la corrente mediante l'interruttore e i pesci si potevano pigliare con le mani.

Quando il piccolo secchio che si trovava sulla barca era pieno i pescatori venivano a riva per rovesciare il pescato nelle grandi bacinelle presso le quali attendevano i bambini.

Ranieri faceva mostra di intendersi molto di pesce. Diceva: "Questo è un luccio, questa è una tinca, questa è una scalbatra, questa è una carpa a specchi".

Poiché ci si vedeva poco, dato che i ragazzi avevano solo una pallida lampada a petrolio, e poiché le sue osservazioni le faceva solo quando i grandi non sentivano, tutti capirono che Ranieri tirava a indovinare.

Intanto la Balia Budel e la Fräulein Paula se ne erano andate per essere sostituite da un'unica signorina per tutte e due le Bambine. Arrivò dunque la Fräulein Wünsch, piena di allegria e di spirito. Era molto grassa e portava i lisci capelli grigi legati in una specie di salsiccia orizzontale sulla nuca. Era mezza austriaca e mezza cecoslovacca, e parlava correntemente cinque o sei lingue. Aveva vissuto durante gli ultimi anni a palazzo Spada, a Lucca, dove aveva insegnato il francese ai ragazzi della famiglia; alla Villa parlava tedesco con le Bambine e francese con Papà e Mamma, come aveva fatto la Nane. Così finalmente anche Marina cominciò a conoscere l'una e a capire l'altra lingua.

Aveva una fisarmonica che suonava benissimo: stimolata da quel suono familiare, anche la Teta dei Vitale, che era bavarese, rivelò delle insospettate doti di danzatrice di quei balli popolari con le pacche sul sedere.

Ogni sabato sera si faceva festa: dopo cena venivano i Vitale, la Teta e i Carano, compreso Ranieri; si poteva suonare e ballare fino alle dieci.

Quando la Fräulein Wünsch non ce la faceva più con la fisarmonica, si mettevano i dischi, che non erano molti e risalivano ancora ai tempi di Genova. C'era "Amapola", "Maria Laò", "Cheek to cheek", "South of the border" e pochi altri. Uno dei preferiti dei ragazzi era "Voglio fischiettare", suonato dall'orchestra jazz Funaro. Quando i Vitale non erano presenti, la Mamma, se sentiva quella canzone, sospirava e diceva:

"Poveretti, questi li conoscevo bene, hanno suonato anche per una festa alla Cappuccina: ora sono finiti chissà dove, come tanti altri Ebrei".

In realtà, la Puccia era troppo piccola per capire, ma Ugo sapeva benissimo che suo padre e suo nonno erano in pericolo e che anche la parte cattolica della famiglia non era affatto al sicuro. Egli ne aveva parlato molte volte con Francesca mostrandosi perfettamente informato, anche se nessuno gli aveva mai detto niente. Quando in cielo passavano le formazioni di bombardieri alleati, intorno alle quali sbocciavano come per incanto gli inutili fiori della contraerea lucchese, Ugo gridava:

"Distruggete tutto e che sia finita una buona volta! "

Tutti i ragazzi del giardino avevano nei confronti della guerra un sentimento ambivalente: un po' la odiavano, ma molto spesso la consideravano una pacchia. Ugo era quello in cui più di frequente si svegliava una coscienza matura, e con essa il desiderio della pace.

Tornando alle feste del sabato sera, esse si svolgevano nel salotto dei grandi, perché il radiofonografo, l'unico della casa, era un monumento inamovibile e si trovava appunto in salotto, sotto il ritratto dell'imperatrice Eugenia, dipinto da Winteralther. I grandi allora si trasferivano nell'attiguo salotto di S. Donato, così chiamato perché dalle sue finestre si vedeva il campanile della vicina parrocchia, dedicata appunto a S. Donato.

La porta che divideva le due stanze era enorme e tutta a vetri, e sembrava proprio di essere insieme; per di più i grandi venivano spesso a vedere cosa facevano i ragazzi, soprattutto quando ballava la Teta.

Questo era motivo di grande felicità per Francesca, la quale, in fatto di compagnia dei propri genitori, sentiva di avere da esigere tanti e poi tanti crediti, che una vita intera non sarebbe bastata a mettere le cose in pari. Quando si sentiva rodere dentro dalla cattiveria diceva tra sè:

"Ora io non sono divertente per voi, perché sono solo una Bambina, ma poi sarò grande e voi vecchi, e sarete voi a non essere divertenti per me: allora ve ne accorgerete! ".

Ma sapeva, poiché tutti lo dicevano, che il suo cuore in fondo era buono e che quei programmi di vendetta erano solo un gioco.

Anche i pasti nella nursery con la Fräulein Wünsch erano una gioia. Essi venivano serviti dalla Ada, alla quale era divertente fare degli scherzi, perché non si offendeva. Il gioco preferito era quello di cercare di farle paura. Allora la Fräulein e le Bambine l'accoglievano, al suo ingresso nella nursery, con viso di pietra, e, battendo la forchetta sul bicchiere al ritmo dei rintocchi funebri, recitavano lugubremente:

"Morirò, sarai contenta,
"non sentirai più la mia afflitta voce
"e le campane sentirai suonare".
Oppure:
"Corpo morto vattene,
la terra ti aspetta".


Dopo esser stata iniziata alla voluttà delle ore serali, fino a quel momento sconosciute, Francesca volle assaporare la delizia di avere tutte per sè delle ore ancor più segrete. La sera, dopo che la Fräulein aveva controllato che tutto fosse a posto e si era ritirata, la Bambina prese l'abitudine di alzarsi silenziosamente dal letto per aprire le imposte. In questo modo la prima luce del mattino la svegliava quando ancora tutti dormivano profondamente. Allora, vincendo il sonno, si vestiva nella penombra senza rumore e, con le scarpe in mano, sgattaiolava in giardino.

Passava dalla porta di sotto, che aveva una serratura a scatto per cui bastava tirarsela dietro affinché si richiudesse. Questa porta, veramente, aveva anche un paletto; esso però non veniva mai chiuso perché la Ada dormiva a casa sua e prendeva servizio la mattina prestissimo, quando nessuno era ancora in comodo di scender giù per aprirle. Rientrare non fu mai un problema: la casa era grande e le porte da cui passare moltissime. Mentre la Ada e Virgilio facevano il giro per spalancare tutto, Francesca poteva riinfilarsi nel suo letto o comparire in cucina come se si fosse appena alzata.

Nessuno di casa la scoprì mai, e il giochetto andò avanti indisturbato fino a che la stagione lo permise. Non destò sospetto neppure il fatto che Francesca non si ribellava più al riposino pomeridiano, e crollava in un sonno profondo senza leggere una riga.

Perciò, ogni mattina dalle cinque alle sette, Francesca ebbe due ore libere e felici, di cui godette intensamente. Essa non si limitava a girare per il giardino, ma andava fino all'oliveta, o alla cava di pietra, o giù dall'altra parte, lungo le rive dell'Ozzori, che a quei tempi scorreva limpido e pulito tra prati e pioppete.

Di fronte alla Villa, in fondo a un prato in leggero declivio, sorgeva, appena fuori del muro di cinta, la collina di Pozzuolo. Era una piccola cupola coperta di castagni, sulla cui cima sorgevano due case coloniche rosa ombreggiate da un enorme pino. A metà della collina, Francesca, aveva scoperto un piccolo spiazzo erboso, circondato da quinte di roccia e aperto sul davanti verso la Villa. Di lì la casa sembrava piccola, e la Ada, quando arrivava, una formichina nera.

Fu in quel luogo che, una mattina, Francesca incontrò Gariboldi. Gariboldi, tutti lo conoscevano, era un vagabondo che girava per la campagna tra Vicopelago, Gattaiola, Meati e S. Donato. Non aveva casa, viveva chiedendo l'elemosina di qualche spicciolo e soprattutto di un po' di cibo. Portava sempre con sè una gavetta, nella quale si faceva versare, dalle donne, l'olio fritto rimasto nella padella. Non risultò che avesse mai rubato alcunchè, neppure un grappolo d'uva.

Il suo aspetto era talmente singolare che, delle quattro diverse cartoline che si trovavano in vendita all'ufficio postale di Gattaiola, una raffigurava proprio lui. Le altre tre erano: la Villa, la chiesa romanica e l'Ozzori al tramonto.

Gariboldi portava una specie di sandali ciociari, legati con lunghe cinghie di cuoio, fasce militari dalle caviglie fin su al ginocchio e ampi pantaloni alla zuava, biancastri. La camicia rossa fuoco era in parte coperta da un poncho a righe azzurre e nere. A tracolla portava una bisaccia di stoffa e si appoggiava ad un alto bastone da pastore. Egli apriva bocca solo per chiedere la carità e per ringraziare brevemente; per il resto non dava confidenza a nessuno.

Francesca lo incontrò una mattina prestissimo, mentre se ne stava seduta nel suo teatrino di roccia a guardare la sua casa. Il mendicante le comparve dinnanzi sbucando dal bosco di castagni, e restò palesemente stupito alla vista di una bimbetta tutta sola a quell'ora. Non prese l'iniziativa della conversazione, ma Francesca capì che, se lei avesse tentato di parlargli, forse questa era la volta che avrebbe risposto.

"Ciao" gli disse.

"Dio ti salvi" rispose Gariboldi.

Spesso, uscendo la mattina, Francesca si portava dietro qualcosa da mangiare, e quel giorno per l'appunto aveva preso pane olio e sale e lo aveva involtato in un pacchettino, che adesso era tutto unto.

Aprì il suo involtino e porse una delle due fette accoppiate al mendicante:

"Ne vuoi un po'?".

Gariboldi accettò il pane senza parlare. Stava per rincartarlo in un foglio che aveva con sè, e metterlo nella bisaccia, quando vide che la Bambina aveva cominciato a mangiare la sua parte; perciò sedette e cominciò a mangiare assieme a lei.

Francesca vide che aveva le mani sporchissime.

"Tu non ti lavi mai?" chiese.

"No di certo".

Francesca sospirò:

"A me mi fanno lavare ogni momento".

Gariboldi alzò le spalle:

"Boh, a tutto ci si abitua".

"Tu assomigli a Vitali di Senza Famiglia".

"E chi sarebbe?"

”Uno di un libro”.

Gariboldi scosse il capo e disse:

”Puah, i libri”.

Francesca amava molto leggere, ma non volle contraddire il mendicante.

”Mi hanno detto che hai un figlio ricchissimo che fa l'avvocato ma che è un mascalzone e non ti vuole con sè” disse, senza riuscire a capacitarsi lei stessa di come aveva trovato il coraggio di introdurre un argomento così personale. Ma Gariboldi non si offese.

”Se ne dicono tante”.

”Ma ce l'hai e non ce l'hai questo figlio cattivo?” Ma lui eluse la domanda:

”A me piace vivere così” rispose.

”Dove dormi?”

”Un po' qua e un po' là”.

”Vuoi dire nei prati e nei boschi?”

”Certamente”.

”E se piove?”

”Ripari ce n'è quanti se ne vuole”.

Francesca era un'appassionata lettrice di Robinson Crusoe, e le piaceva che l'uomo, a contatto con la natura, escogitasse mille trucchi ingegnosi per farsi la vita comoda. Disse a Gariboldi:

”Dovresti dormire sempre nello stesso posto, spianarti il terreno, levare i sassi, metterci delle foglie per stare più morbido, costruirti un riparo: cosa ci vuole?”

Vedeva già se stessa, nei panni di Venerdì, che aiutava Gariboldi a costruirsi il suo regno; e già pensava a tutto quello che avrebbe potuto trafugare da casa sua, come faceva quella santa lucchese che rubava ai ricchi per donare ai poveri.

Ma Gariboldi la pensava diversamente:

"Sempre lo stesso posto mi viene a noia" disse.

"A me invece piacerebbe stare sempre nello stesso posto! " gridò appassionatamente la Bambina. "Prima stavo a Genova e mi piaceva moltissimo; poi è arrivata mia sorella Marina, e la guerra e un mucchio di novità e così ce ne siamo andati ed io ho perso tutto: la Nane, i cuginetti, lo zio Enzo, i Nonni e tutti gli amici. E ora che mi piace qui, la guerra finirà, e dovrò tornare a Genova, dove tutti saranno certamente morti, e mi annoierò tremendamente".

Gariboldi era meno pessimista:

"Non è detto che siano tutti morti".

"Ah no, eh? Hai mai sentito quando bombardano Livorno? Hai mai visto di che colore diventa il cielo da quella parte? Beh, se lo vuoi sapere Livorno è il quinto porto d'Italia e Genova è il primo: lì ci butteranno le bombe cinque volte di più, non ti pare?"

Gariboldi non era molto interessato alle sorti di Genova, o non trovava argomenti da opporre alla logica stringente di Francesca: comunque non rispose.

Poi la conversazione languì e i due stettero per qualche tempo seduti a guardare la Villa. Quando apparve la Ada, Francesca si alzò:

"Devo andare" disse "ciao".

"Dio ti salvi".

La Bambina corse a casa, felice d'aver fatto amicizia con un così noto misantropo. Ma tutte le volte che in seguito incontrò Gariboldi, per quanti ammiccamenti e cenni d'intesa essa facesse, lo trovò impenetrabile come sempre.

Un'altra mattina incontrò Silvano. Questa volta era piuttosto tardi, quasi l'ora di rientrare, e Francesca era fuori del giardino, nella strada che portava all'Ozzori. Quando sentì il rumore di un barroccio che scendeva verso di lei, scappò via a nascondersi dove la via si incrociava con un'altra stradina e il muro, che la costeggiava, faceva un gomito. Però occhieggiando, riuscì a vedere che era soltanto Silvano, e allora saltò fuori del suo nascondiglio. Silvano fermò la ciuca. Giulia, si chiamava.

"Che ci fai in giro a quest'ora?"

"Passeggio e non faccio niente di male: non casco nel fiume e sto attenta a tutti i pericoli. Perciò non fare la spia".

Nessuno, che avesse un briciolo di onestà, poteva nascondersi il fatto che Francesca era perfettamente in grado di badare a se stessa, e che tutte le proibizioni avevano il solo scopo di tenerla in schiavitù. Perciò Silvano rispose:

"D'accordo, però non fare fesserie".

"Figurati. Lasciami salire".

Silvano era diretto ai campi di piano per raccogliere i salci. Stava mangiando pane e pomodoro.

"Vuoi favorire?" disse.

"Grazie, ho la mia merenda".

Francesca aveva portato pane e olio, come al solito, perché temeva, se si fosse preparata qualcosa di più elaborato, di lasciare delle tracce che l'avrebbero fatta beccare. Disfece il suo involtino e cominciò a mangiare, mentre il barroccio scendeva verso l'Ozzori.

"Cosa ti fanno se ti scoprono?" chiese Silvano.

"Mah, chi lo sa. Certo a me proibiscono proprio tutto".

Silvano era un ammiratore della Mamma e anche del Papà, perciò li difese:

"Non esagerare"

"Ti vorrei vedere te, caro mio".

"Guarda che anche in casa mia si fa quello che dicono i genitori, e guai a discutere".

Francesca questo lo sapeva, veramente. Solo che la severità del Carlo e della Isola le sembrava tanto diversa da quella che regnava in casa sua. Riguardava cose semplici e comprensibili, come non mangiare troppo e lasciare gli altri senza, per esempio. In casa sua, al contrario, si doveva mangiare per forza anche quello che si odiava: per esempio il riso in brodo. Per fortuna le Bambine mangiavano quasi sempre giù con la Fräulein, e lei se ne infischiava se si abituavano o no ad apprezzare tutto. In quel momento, per l'appunto, Marina attraversava un periodo che non le piaceva niente, e allora da quindici giorni, a ogni pranzo e a ogni cena, la Fräulein diceva alla Ada:

"La Piccola questa cosa non la vuole proprio: le porti un caffè e latte".

Ma quelle rare volte che erano a tavola con i genitori e capitava una di quelle cose schifose che Francesca detestava, Papà diceva:

"Lo mangerai e lo troverai buonissimo".

Quando lui diceva così la Bambina lo odiava proprio e pensava: "Se almeno lo dicesse in un altro modo! " Avrebbe solo dovuto dire: "Figlia mia, so che questo ti ripugna, ma sono un vecchio bacchettone e credo, forse erroneamente, che fra i miei doveri di padre ci sia quello di costringerti, quando ci vediamo, a mangiare le cose che ti danno la nausea".

Invece Papà diceva proprio "lo mangerai e lo troverai buonissimo", anzi, "bonissimo" perché quando era severo sciacquava i panni in Arno. Poi aggiungeva, rivolto alla Mamma:

"Non c'è nessuna ragione perché non le piaccia: è un sapore semplice, elementare, che non rappresenta niente di nuovo per un palato infantile. Sarei disposto ad essere comprensivo coi tartufi o l'aragosta, ma col riso o la tapioca assolutamente no".

Così Francesca aveva la consolazione di sapere che, se, caso mai, nel bel mezzo della guerra, sulla tavola fossero comparsi tartufi e aragoste, essa, volendo, avrebbe potuto astenersene.

Intanto Silvano continuava a parlare di severità:

"Fra quello che ti permettono e quello che combini di nascosto, mi sembra che fai proprio cosa ti pare".

"Povero cocco! " disse Francesca. Ma lo disse meccanicamente, perché non poteva dargli torto del tutto. Eppure si sentiva in galera, in galera! Le pareva di essere prigioniera di un rituale insensato e astratto, irto di doveri cui non corrispondeva un diritto da parte di nessuno. Il dovere di portare le trecce, per esempio. Che fesseria era mai quella!

La Isola diceva a Silvano:

"Se hai ancora fame lì c'è il pane. Frittata ne hai

avuta abbastanza, e quella tocca ai tuoi fratelli"

Questo Francesca lo capiva benissimo, come capiva la severità di Carlo per quello che riguardava una giusta distribuzione del lavoro, la cura e il rispetto delle vanghe e degli altri arnesi, come quella volta che Silvano non trovava più il rastrello per il fieno e pareva che venisse giù il mondo.

A Francesca sembrava che i suoi doveri, per la maggior parte, non facessero nè caldo nè freddo a nessuno. Anche il famoso rispetto per i domestici, che in casa sua era di rigore, era, a suo modo di vedere, una formalità vuota, che non partiva affatto da un vero sentimento di uguaglianza, ma creava e sottolineava la differenza tra servitori e padroni, conferendo a questi ultimi il tocco finale di signorilità dato dalla benevolenza verso gli inferiori.

Francesca, invece, amava molto tutti quelli che erano in casa (infatti erano soprattutto loro a dire che la Bambina aveva il cuore buono), e per lo più ci andava d'accordo, ma non si sognava di imporre a se stessa nei loro confronti un particolare modo di trattare. Si comportava come le veniva, e buonanotte.

Per esempio il Paolo, marito della Balia Dina, una volta l'aveva fatta proprio infuriare. Egli aveva, per badare alle pecore, un cane che si chiamava Lupo, anzi, lui diceva Luppo perché così si parlava al suo paese. Allora Paolo diceva sempre a Francesca, perché sapeva che era una cretinata che la faceva arrabbiare:

"Quanto pagheresti per avere una bella coda come Luppo?"

Questa storia della coda l'aveva tirata in lungo

non so quanto, e alla fine Francesca gli aveva gridato:
"Vecchio scemo, accidenti a te!"
Ora lui era in montagna con il gregge per tutta l'estate, ma la Bambina, ripensandoci mentre stava sul barroccio di Silvano, si ripromise che, se in autunno, tornando con le sue pestilenziali pecore, avesse ricominciato la storia di Luppo, lei si sarebbe rivoltata ancor più energicamente.

In quel periodo capitò in casa, non si sa come, un certo Mimmo D'Alelio, napoletano e gran campione di bridge. Francesca ignorava se apparteneva alla categoria degli sfollati o dei perseguitati politici, e in che modo era venuto a contatto con i suoi genitori.

Già da quando erano arrivati i Vitale c'era l'abitudine che tutti i grandi si riunivano ogni pomeriggio e ogni sera alla Villa per giocare a bridge, e l'arrivo di un compagno e maestro di tale prestigio fu accolto con entusiasmo.

Ai ragazzi Mimmo piaceva, anche se non era tipo da perder tempo con loro. Egli stava un po' alla Villa, poi partiva e non si vedeva per qualche tempo. Al suo ritorno portava sempre i cioccolatini alle Bambine.

Un'altra volta fu ospite invece un signore diverso da tutti gli altri, che Francesca non dimenticò mai più. Egli le faceva sempre venire in mente il pifferaio di Hamelin, e somigliava anche all'illustrazione che c'era sul suo libro di novelle. Sapeva fare giochi di prestigio, e tante cose difficilissime con le mani: i bambini erano incantati e diventavano matti a cercare di imitarlo.

Si chiamava Alessandro Fersen, e Francesca seppe solo dopo la guerra che era un regista del cinema e del teatro: forse a quei tempi non lo era ancora, del resto. Egli era polacco ed ebreo ed aveva, naturalmente, documenti falsi.

Chissà se fu per dare un'apparenza intensamente ariana alla comunità, e diminuire così i rischi che indubbiamente tutti correvano, che la Mamma consentì alla cuoca Erina di allevare un maiale proprio in giardino, a due passi dalla Villa.

Erina desiderava da anni di possedere una scrofa e di chiamarla Marfisa, e finalmente fu accontentata.

Marfisa fu oggetto di tenere cure. Anche Pompeo l'amava molto, come del resto amava tutti gli animali, ma Erina la baciava, l'abbracciava, la portava a passeggio, la spazzolava. Era inteso che a Natale sarebbe stata sacrificata, ma questo non impedì alla generosa cuoca di offrirle, nel frattempo, un affetto appassionato.

"Non ti ci affezionare" diceva la Ada "poi ti dispiace di più".

Ma Erina non l'intendeva.

Come tutti si immaginavano, quando venne l'ultimo giorno per Marfisa la sua padrona cadde nella più grande disperazione: baciò l'amato suino e andò a rinchiudersi singhiozzando nella sua stanza. Quel giorno la Ada dovette cucinare da sola.

Intanto, il norcino aveva portato la salma in una stanza accanto alla cucina e dava inizio al suo affascinante lavoro.

Francesca era incantata dalla sua perizia, in un modo che nessuno, che non abbia visto da bambino un norcino all'opera, può intendere.

Il norcino si chiamava Armando Marchiò ed era una persona simpatica, che lavorava e intanto spiegava alla Bambina:

"Vedi", diceva "col maiale nulla va sprecato. Anche quest'osso a forma di spatola mi servirà alla fine per raccattare i pezzetti che rimarranno sul tavolo".

Armando salò i prosciutti, le spalle e la pancetta; tritò con la sua macchina apposita la carne grassa e quella magra e le combinò variamente per farne cotechini, salami, salsicce. Anche per insaccare aveva un apparecchio speciale con una bocca, davanti alla quale Armando si metteva in attesa con il budello di maiale, ben lavato e sciacquato, arrotolato come un calzino. Allora dalla macchina usciva un tubo di carne macinata e compressa, e via via che veniva avanti lui ci accomodava sopra il budello, srotolando pian piano, proprio come la Fräulein quando metteva i calzini a Marina. Solo che l'azione di Armando suggeriva un'impressione di grande efficienza, mentre quella della Fräulein era penosamente lenta e inceppata. Non che fosse colpa sua: Francesca aveva provato qualche volta a vestire la sorella, e, al momento dei calzini, specialmente se erano un po' infeltriti, la cosa si faceva difficilissima. Marina teneva il piedino tutto duro ad angolo retto con le dita stese in fuori a raggera, tanto che Francesca aveva sempre paura di romperle quel suo ridicolo mignolino.

In un altro budello speciale, Armando aveva

versato il sangue per fare i biroldi, e poi li aveva buttati a cuocere in un gran calderone che bolliva nell'attigua cucina. In ultimo aveva raccolto tutti gli avanzi, coda, orecchie, ritaglini, cotenne e così via e li aveva cuciti in un sacco di tela bello stretto, che fu poi anch'esso cotto nel calderone. Quella, spiegò Armando, era la soppressata e si doveva mangiare per prima.

Benchè Francesca fosse stata molto affezionata a Marfisa, tutte quelle affascinanti operazioni di salatura le avevano fatto dimenticare che la materia su cui si lavorava era la creatura amata dall'Erina. Perciò la Bambina, come del resto l'Erina stessa, si nutrì per tutto l'inverno di quei salumi, senza la minima emozione.

L'unica cosa che in certi momenti la turbò in qualche misura fu proprio la soppressata. In cucina c'era un'affettatrice da negozio: a volte, quando la soppressata passava su e già davanti alla lama, si vedeva apparire per un attimo, nel mosaico di marroni, di bianchi e di grigi, che sempre cambiava a ogni taglio, una fugace forma maialesca, o addirittura marfisesca: la silhouette di un orecchio, la curva della guancia.

# IV

Intanto, già da qualche tempo gli alleati avevano preso Pantelleria e Lampedusa, e Leoncini aveva detto:

"Finalmente ci siamo".

Poi ci fu lo sbarco in Sicilia e l'otto settembre.

Quando ricominciò la scuola si vide bene che la signorina Colombini non sapeva più cosa dire. Il libro di testo era sempre il solito, "La spada e l'aratro", solo era il quarto volume. In una delle prime pagine stava scritto: "Il motto dell'Italia fascista sarà sempre: O VINCERE O MORIRE".

Caterina Cotrossi disse:

"Ormai dovrebbe essere MORIRE e basta, dato che l'Italia fascista non fa che perdere".

Caterina Cotrossi non andava bene nello studio, ma era molto saggia perché, avendo ripetuto ogni classe più volte, era la decana della scuola.

Intanto il paese si era riempito di Tedeschi, e Papà era andato a Barga, all'albergo Libano, per evitare di essere arrestato.

Ugo disse a Francesca:

"Se ti chiedono come si chiama mio nonno non devi dire Leonardo Vitale ma Lorenzo Viale".

Ma nessuno le chiese mai come si chiamasse il signor Leonardo.

Poco prima dell'apertura delle scuole i Tedeschi requisirono il giardino. Il comandante che venne a parlare con la Mamma era un barone Von qualcosa, che si rivolse a lei in perfetto francese, chiedendo il permesso di fare accampare i soldati in giardino e domandando contemporaneamente alcune stanze della Villa per gli ufficiali.

La Mamma assunse allora il suo tono più signorile, e disse:

"Signor barone, io sarei lietissima di averla come ospite nella mia casa in tempo di pace. Nelle circostanze attuali posso dirle solo di fare ciò che vuole, poiché non ho la possibilità di oppormi".

Allora il barone battè i tacchi e rispose:

"Gentile signora, la prego di non incomodarsi; sia io che gli altri ufficiali siamo dei soldati, e possiamo benissimo dormire sotto le tende come i nostri uomini. Cercheremo di darle il minor disturbo possibile".

Infatti quel primo gruppo nascose camion, camionette e tende sotto gli alberi vicino al laghetto, senza dare fastidio a nessuno. Non portarono via mucche o altri animali, nè fecero danni.

La Paola in quel momento era invaghita di un certo conte Lorenzo Guidozzi, e perciò attraversava un momento di passione per l'aristocrazia.

Questo Lorenzo Guidozzi era un tipo che apparentemente non aveva niente di meglio da fare che intrattenere la Mamma, la Lilla e la Anna. Viveva a S. Pancrazio, dalla parte opposta della piana di Lucca, in una bellissima villa con tennis e piscina. Mentre tutti andavano in bicicletta lui viaggiava con una Packard. Forse, per dire la verità, quell'auto l'ebbe solo dopo la liberazione: ma è sicuro che in ogni periodo in cui Francesca lo vide per casa, egli le dette sempre un'impressione di gran spocchia.

La Paola, nei suoi giochi, fingeva sempre di essere sulla Packard al fianco di Lorenzo Guidozzi.

"E' bellissimo ed è un vero signore" diceva.

"E' un vecchio fesso pieno di arie" replicava Francesca. Infatti a lei proprio non piaceva, perché lo trovava affettato in modo insopportabile. Non perché avesse l'erre moscia: quella l'aveva anche Leoncini, che era simpaticissimo; piuttosto per il suo modo di fare arrogante e impietoso.

Francesca aveva anche il forte sospetto che fosse monarchico, e lei era una fervente mazziniana, come lo zio Enzo. Anche quella cosa però, in se stessa, non sarebbe bastata a spiegare tanta antipatia: di certo anche la signora Cristina era monarchica, ma questo sembrava a Francesca un'ingenua romanticheria senza protervia.

Comunque l'antipatia della Bambina era palesemente ricambiata, e con questo erano pari. Anche a Leoncini, Lorenzo Guidozzi non piaceva per niente.

Fu dunque durante questo grande amore della Paola che arrivò in giardino il Barone Soldato con le sue truppe. Del gesto grandioso di questo Tedesco si era parlato in lungo e in largo, e il dialogo con la Mamma era conosciuto da tutti a memoria. La Paola era estasiata e estendeva la sua passione per Lorenzo Guidozzi anche a quest'altro gentiluomo:

"Quando uno è un signore", diceva, "è un signore".

95

"Quando uno è un signore" replicava Francesca "riconosce gli altri signori. Lascia che quel discorso che gli ha fatto mia madre glielo facesse il Carlo: si sarebbe trovato fucilato con tutta la sua famiglia prima di aver finito di pronunciare l'ultima parola".

Ma in quel momento le due amiche proprio non si intendevano. Poi la Paola crebbe e fece sempre delle buone scelte, a cominciare da quella del marito, ma allora era propria stregata.

Dunque, questo primo gruppo di Tedeschi signorili non dette fastidio ma durò poco. A quel tempo, avevano una tale ricchezza di vettovagliamenti che, quando se ne andarono, lasciarono il giardino cosparso di pezzi di parmigiano ancora nel cellophan, scatole di burro e tanta altra roba.

Il Colonnello Carano, che in quel momento era a casa, diceva:

"Noi ci mandano a crepare con un formaggino Roma e questi si possono permettere di buttar via ogni ben di Dio".

Ognuno che trovava di queste cibarie se le portava a casa e se le mangiava, ma la Mamma ordinò che non venisse toccato niente di tutti gli arnesi, pezzi di macchine e simili cose, che erano state abbandonate tra gli alberi, perché temeva che altri Tedeschi le trovassero un giorno in possesso dei paesani, e dicessero che erano state rubate. Essa era la più informata di tutti e mise bene in chiaro, per chi ancora non lo sapeva, che quella era gente con cui non era il caso di scherzare.

Pochi giorni dopo vennero degli altri Tedeschi, tutti ufficiali geografi o topografi, che requisirono alcune stanze al piano di mezzo della Villa. Essi si fermarono solo pochi giorni per eseguire non so quali rilievi.

Poiché la casa aveva pareti di grande spessore, la presenza dei Tedeschi sotto lo stesso tetto, non impedì alla Mamma e a Leoncini di ascoltare regolarmente radio Londra, come avevano sempre fatto: si limitavano a tenere basso il volume e a sintonizzare l'apparecchio su una stazione italiana subito dopo l'ascolto. Comunque a nessun Tedesco venne mai in mente di entrare nelle stanze riservate alla famiglia, perché, anche se questi geografi non avevano rinunciato ad essere ammessi in casa come aveva fatto il barone, questo gruppo e tutti gli altri che lo seguirono, nonché gli Americani, Inglesi, Indiani, Brasiliani, bianchi e neri d'ogni qualità che, pur senza requisire la Villa, vissero e operarono nei dintorni per parecchio tempo, tutti costoro ebbero sempre un sacro terrore della Mamma.

La sera del 30 marzo, mentre c'erano appunto questi geografi in casa, arrivò Papà a piedi da Barga per fare gli auguri alla Mamma, dato che era il suo compleanno. La strada era lunga, e piena di pericoli, e perciò la Mamma disse a Papà, appena lo vide apparire:

"Ma sei matto?"

Però era contentissima e così pure le Bambine.

Papà aveva dei documenti falsi che gli permettevano di stare in giro quando la situazione appariva abbastanza tranquilla. Invece si nascondeva se c'era da temere qualche indagine più approfondita. In queste condizioni si trovavano molti uomini che, durante tutta la guerra, si fermarono per breve o per lungo tempo a Gattaiola. Ma Francesca non sapeva di preciso chi fossero i puri e semplici sfollati, che cercavano di scansare le bombe e la carestia della città, e chi i ricercati dai Tedeschi e dai Fascisti.

Ad ogni modo, benché nessuno glielo avesse mai espressamente raccomandato, non raccontò ad anima viva di tutti gli andirivieni a cui assisteva tanto spesso. Anche gli altri ragazzi del giardino mantennero sempre una discrezione assoluta, persino tra di loro, tanto che non accadde mai, eccetto per i brevi accenni di confidenze tra Ugo e Francesca, che parlassero di guerra, di fascismo, di Tedeschi, di Ebrei e così via. Francesca sentì spesso l'uno o l'altro dei grandi esprimere il suo pensiero politico, e così pure, certamente, li sentirono gli altri ragazzi: tuttavia, benché i padri, le madri e i loro ospiti fossero un inesauribile argomento di discussione tra Francesca e i suoi amici, essi tennero sempre per sè ciò che sapevano riguardo alla posizione politica dei grandi.

Dopo che i geografi se ne furono andati ci fu una nuova requisizione da parte di altri Tedeschi. Questa volta erano tantissimi. Appartenevano alla divisione Hermann Goering e lo portavano scritto sul braccio. A proposito di costoro tutti avevano notizie diverse. Chi diceva:

"Ho sentito dire che sono i peggiori".

Altri invece:

"Io so per certo che questi non hanno mai commesso crudeltà".

Comunque, riguardo ai Tedeschi, tutti sapevano assai meno di quello che c'era da sapere. Radio Londra dava notizie su scala molto vasta: Stalingrado, la guerra dell'Atlantico, lo sbarco ad Anzio; i soliti canali, che avrebbero dovuto portare notizia dei fatti più vicini, funzionavano in modo contraddittorio e inattendibile, e fu solo alla fine della guerra che Francesca scoprì tutto l'orrore che aveva invaso l'Italia subito fuori del giardino.

Durante la permanenza nella casa e nel giardino di questi della Hermann Goering, anche le ville vicine erano state requisite. Nei loro parchi boscosi furono nascosti gli accampamenti e gli automezzi, mentre nelle nobili stanze affrescate si insediarono gli ufficiali con i loro alloggi ed uffici. Il comandante del gruppo che stava nel giardino di Francesca si chiamava Hauptmann Schultz ed era una vera bestia. Con gli Italiani era semplicemente sgarbato e pieno di disprezzo, ma coi suoi sottoposti era crudelissimo. Vicino al laghetto c'era una costruzione rotonda, umida e con una sola feritoia per l'aria, che, al tempo in cui c'erano nel laghetto, anziché canapa e oche, ninfee e cigni, era servita a questi ultimi di riparo per la notte. Qui venivano rinchiusi, a pane e acqua, i soldati che avevano infranto la disciplina. Gli ufficiali colpevoli di qualche mancanza erano invece obbligati a strisciare sui gomiti, col fucile in mano, davanti alla truppa schierata. Francesca fu sempre certissima che le infrazioni dei soldati e degli ufficiali, che così venivano punite, dovevano essere di lievissima entità: infatti in tutto il campo si sentiva serpeggiare un così abbietto terrore nei confronti dello Hauptmann Schultz, da rendere incredibile l'ipotesi che avesse potuto verificarsi un caso di vera insubordinazione.

I due cuochi si chiamavano Willi e Toni, erano giovanissimi e non pensavano ad altro che alla fine della guerra. Francesca fece amicizia con loro una volta che Willi la venne a cercare mentre giocava con gli altri bambini davanti alla Burlamacchi. Willi disse, parlando nella propria lingua:

"Tu sai il tedesco, non è vero? Ti ho sentito parlare con la donna grassa".

"A te cosa te ne importa?"

"Dovresti fare un piacere a un mio amico".

"Sentiamo".

"La sua fidanzata, che è di Rovereto, gli ha scritto una lettera in italiano e lui non la capisce. Tu dovresti tradurgliela".

Francesca si rivolse allora alla Paola:

"Non cercate di fregarmi mentre sono via". Infatti stavano giocando a campana e la Bambina era in vantaggio.

Poi si diresse con Willi verso la cucina da campo, che si trovava sotto le magnolie, proprio di fronte alla Burlamacchi.

Fu presentata a Toni, un piccoletto biondo e riccioluto che non doveva avere più di venti anni. Egli era imbarazzatissimo e spostava goffamente il suo peso da un piede all'altro, senza alzare mai gli occhi da terra.

Willi disse a Francesca:

"Questo scemo si vergogna della tua amica grassa e di quell'altra Tedesca che fa la calza vicino a lei sulla panchina. Quando gli ho proposto di portare a loro la lettera, per farla tradurre, ha detto che preferiva strapparla".

Francesca era lusingata di essere stata preferita,

come interprete, alla Fräulein e alla Teta, ma le sue maniere furono sbrigative come al solito:

"Insomma, vediamo questa lettera. Tanto a me non me ne frega niente dei tuoi affari di cuore. Io traduco e poi dimentico".

Infatti tradusse e dimenticò. Mentre tornava a giocare Toni le disse:

"Ora penso la risposta e tu domani me la scrivi in italiano".

"D'accordo, ma che non sia un romanzo".

Infatti Francesca odiava scrivere.

L'indomani fu chiamata per tradurre la risposta, che Toni aveva condensanto in poche frasi tacitiane.

Durante la permanenza della compagnia questa manovra avvenne ancora un paio di volte, e Francesca si astenne sempre, scrupolosamente, dal fare pettegolezzi con gli amici e con le signorine riguardo al contenuto della corrispondenza amorosa di Toni.

Il Tenente Wilkening, che parlava correntemente francese, era quello che teneva i contatti con la famiglia di Francesca, le rare volte che questo si rendeva necessario. Egli era simpatico e gentile. La Bruna diceva:

"Non sembra un tedesco: piuttosto un francese".

Anche l'ufficiale medico piaceva a tutti e, come la Mamma non mancò di far rilevare, era un signore. Inoltre pareva anche una brava persona, pieno di nostalgia per la pace, per il suo paese, per la sua famiglia.

Una volta venne a vedere Marina che aveva la febbre alta. Quando l'ebbe visitata e se ne stava andando la Piccola gli disse:

"Danke schön, aufwiedersehen".

E lui se ne uscì dalla stanza versando fiumi di lacrime, cosa che Francesca non aveva visto fare a nessun uomo. La ragione non era, per fortuna, che Marina stava per morire, ma che il poveraccio, come spiegò la Mamma, pensava alla sua bambina che era in Germania. In verità Marina sembrava proprio tedesca, perché era bionda, e Francesca lo sembrava ancor di più, perché oltre ad esser bionda aveva anche gli occhi celesti.

Durante tutto il tempo dell'occupazione, la Mamma sfruttò al massimo questo aspetto germanico della sua primogenita, per scopi di interesse pubblico e privato.

Infatti, essa usava Francesca come spalla nelle spedizioni di recupero di animali da stalla e da cortile, quando i contadini, suoi o altri, venivano disperati a raccontarle che i Tedeschi si stavano portando via le loro bestie.

Allora, la Mamma e la Bambina partivano insieme, e arrivavano sull'aia dove un paio di soldati spingevano verso il loro camion un maiale o una mucca, mentre tutt'attorno i contadini guardavano tacendo, ammutoliti dal timore e dalla disperazione.

La Mamma non parlava il tedesco, ma, se avesse voluto, avrebbe potuto farsi intendere in quella come in qualsiasi altra lingua; tuttavia fingeva di aver bisogno della Bambina come traduttrice, perché sapeva che insieme formavano una coppia imbattibile, con un eccezionale potere di persuasione sull'animo dei soldati tedeschi.

Essa parlava a Francesca, guardando però i soldati, altera come una regina:

"Di' loro che questa gente conta sulle sue bestie per sopravvivere".

Francesca traduceva senza cercare di imitare il tono della Mamma: non era quella la sua parte.

"E di' anche che sappiamo che loro hanno ogni ben di Dio mentre questi poveracci riescono appena a scampare".

Di nuovo la Bambina traduceva. E tutte le tre o quattro volte che questa scena si ripetè finì sempre coi Tedeschi che, sopraffatti dall'ammirazione per la Signora e commossi dai ricordi familiari che la Bambina suscitava in loro, restituivano l'animale ai suoi proprietari.

La Mamma e la Bambina erano ormai sempre ai ferri corti: la Mamma era ostile verso chiunque non fosse come argilla nelle sue mani; ogni pensiero, parola o azione che non seguissero, fino nei dettagli, il preciso schema mentale che essa aveva tracciato per la vita della comunità di cui era la regina, la irritavano e la offendevano profondamente. E questo fastidio aumentava quanto più le era cara e vicina la persona che violava le regole del suo gioco. La Bambina, per l'appunto, era la creatura sulla quale la Mamma contava maggiormente: avrebbe potuto essere il suo capolavoro, essa pensava, se solo avesse dato retta.

La Bambina, d'altro canto, aveva due passioni dominanti: la Mamma e la voglia di fare a modo proprio; perciò, quando non era distratta, era quasi sempre molto infelice.

Durante le operazioni di recupero degli animali, invece, si instaurava tra la Mamma e lei una solidarietà alla pari, la certezza reciproca che ognuna delle due avrebbe svolto il suo ruolo alla perfezione, senza suggerimenti; un clima meraviglioso che riscaldava il cuore della Bambina e che non fu mai da lei dimenticato.


Una volta Francesca capitò in salotto mentre non c'era nessuno, e vide sul tavolo da gioco, tra le carte e i foglietti per il punteggio del bridge, un libriccino rilegato a fiorellini verdi e rossi che eccitò la sua curiosità. Lo sfogliò, e vide che su ogni pagina era stampata una domanda, alla quale ognuno dei grandi aveva dato la sua risposta, scrivendola nell'apposito spazio bianco.

Aprì il libretto a caso. La domanda, in quella pagina, era: "Chi avresti voluto essere?".

Francesca corse subito con gli occhi a cercare la risposta scritta nella grafia della Mamma, e lesse: "Una donna bellissima".

In quel momento ebbe la sensazione di comportarsi in modo un po' indiscreto, e chiuse il libro, ripromettendosi di non cercare mai più di curiosarci dentro; del resto non le sarebbe stato possibile desistere dal suo proposito, perché il libretto in seguito sparì e non fu mai più visto in giro.

Tuttavia la risposta della Mamma la ossessionò a lungo. Secondo lei la Mamma "era" effettivamente bellissima, e non poteva aspirare ad una bellezza maggiore; ma il punto era un altro: lei stessa come si vedeva? Poteva darsi, certo, che la risposta al questionario fosse solo una civetteria, per farsi dire da Papà e dagli altri: "Ma tu sei bellissima!". Francesca conosceva questi piccoli trucchi, perché lei stessa e la Paola li usavano abitualmente tra di loro. Le due bambine, che erano amiche ma, naturalmente, anche un po' rivali, avevano per regola che ciascuna delle due era disposta a fare un complimento all'altra, a patto che questa desse prova di modestia. Per loro il peccato più intollerabile era "darsi delle arie".

Una diceva, per esempio:

"Guarda un po' questo schifo di disegno che ho fatto", e allora l'altra rispondeva:

"Non c'è male, a me piace".

Se, Dio ne scampi, l'approccio fosse stato meno dimesso, avrebbe avuto una reazione improntata alla più sprezzante ostilità.

Però la Mamma non sembrava veramente il tipo da fare questi giochetti, e bisognava quindi pensare che fosse proprio convinta di non essere bella. In sé, certo, non ci sarebbe stato niente di male: Francesca conosceva tanta gente goffa e sgraziata, che si era adattata alla propria bruttezza senza farne una tragedia: ma capiva che la Mamma, con il suo culto per la perfezione, non poteva accettare con filosofia un fisico che non le sembrasse all'altezza della parte che essa aveva intenzione di recitare nella vita.

Sembrò allora alla Bambina di capire perché la Mamma fosse così spesso intrattabile, così suscettibile, così risentita col mondo intero e, spesso, così francamente pestifera con la sua Bambina, al punto che quest'ultima diventava a sua volta la Peggior Peste di Gattaiola, e si entrava in un circolo vizioso dal quale pareva impossibile uscire.

Cominciò allora ad avere il chiodo fisso della valutazione esatta del grado di bellezza della Mamma.

Lei e gli amici facevano spesso delle graduatorie estetiche tra le persone che conoscevano. Fra gli abitanti del giardino, nella categoria padri non c'era gran competizione: Papà era bellissimo e gli altri brutti senza scampo. La categoria ragazze vedeva vincitrice la Bruna, seguita a poca distanza dalla Nora e dalla Ida a pari merito; tra le signore veniva prima la Anna e per il secondo posto si battevano la Mamma e la Lilla. Quello che era fuori discussione era che la Mamma aveva le più belle mani che si fossero mai viste, ma questo non bastava ormai più a Francesca, la quale sentiva un vivo desiderio di far dono alla sua Mamma della corona della Perfezione.

Decise così di chiedere il parere di Leoncini.

Una volta, mentre i grandi giocavano a bridge, qualcuno venne a dire che c'erano in giro dei Tedeschi che facevano un rastrellamento. In questi casi tutti gli uomini stavano alla larga, ma più di tutti doveva sparire di circolazione Ruggero Vitale che, essendo ebreo, correva il maggior pericolo.

Egli aveva fatto murare la porta di una stanza al secondo piano della Burlamacchi, in modo che non si potesse entrare altro che dalla finestra. Allora quella volta Leoncini disse: "Ti accompagno alla stanza murata, così poi penso io a levare la scala".

Francesca si accodò a loro, e mentre lei e Leoncini se ne tornavano a casa, dopo aver sistemato Ruggero, domandò:

"Senti un po', ma la Mamma è o non è bella?".

Leoncini, come una sibilla, non dava mai risposte semplici:

"Ogni persona" disse "ha bisogno di una certa dose di perfezione esteriore per potersi dire bella. A qualcuno ne serve molta, perché non ha altro, e a qualcuno invece ne basta meno. La Mamma ne ha molta, ma molta di più di quanto gliene sia necessaria".

La risposta le sembrò molto nobile e intelligente ma non la soddisfece affatto.

Pensò che non sarebbe stato male, in ogni caso, gettare lì casualmente, di tanto in tanto, un complimento per la Mamma. La trovò al tavolo da gioco con la Lilla e la Anna, mentre mescolava distrattamente le carte. Le disse:

"Quando sarò grande, avrò le mani come le tue?"

Infatti d'inverno, con quel freddo cane che faceva a scuola e anche a casa, Francesca soffriva di geloni e le sue mani diventavano tanto brutte che d'estate non facevano in tempo a rimettersi del tutto.

La Mamma rispose:

"Purché tu te le lavi, di tanto in tanto".

Infatti, essa aveva il pallino della pulizia.


Un bel giorno Hauptmann Schultz e i suoi soldati se ne andarono via. Erano diretti verso sud, al fronte. Lasciarono, nei folti boschetti, che giro giro al giardino mascheravano il muro di cinta, delle caverne che segnavano il posto dove erano stati nascosti i camion e le camionette.

Qualcuno di loro, probabilmente quella bestia del comandante — disse la Mamma — si era esercitato al tiro a segno contro gli affreschi del piano di mezzo.

Le lapidi del cimitero dei cani erano state spezzate e usate per puntellare le ruote dei camion.

Francesca passava di lì mentre un soldato spostava queste pietre per portare il camion fuori del boschetto. Un suo compagno gli chiese:

"Da dove vengono questi pezzi di marmo?"

"Le ho tolte dal cimitero dei bambini, accanto alla cappella" rispose il Tedesco, gettando le pietre ormai inutili in un fosso.

Quella fu l'unica volta, durante tutta la guerra, che Francesca realizzò che i bombardamenti, l'atroce uccidersi a vicenda, le persecuzioni e quant'altro di orribile e misterioso avveniva fuori del giardino, era opera di uomini veri, e non di orchi immaginari.

Dopo pochissimi giorni che i Tedeschi erano partiti, venne alla Villa il signor Querci a cercare Papà. Egli era grande e grosso, sempre tirato a lucido, e da ogni poro sprizzava cordialità e desiderio di vedere il suo prossimo felice. Aveva una moglie piccola e fragile, con un sorriso dolce e patetico. La loro unica figlia era morta quando aveva dieci anni ed essi, dopo un periodo in cui non riuscivano a sopportarne la presenza, erano adesso molto amici dei bambini. Venivano anch'essi da Genova, dove già Francesca li aveva conosciuti, ed anch'essi avevano comprato una villa in Lucchesia per passare la guerra. La Bambina aveva ricevuto in dono da loro un libro che era appartenuto a Mavì, e lo teneva molto caro, perché il gesto l'aveva commossa moltissimo.

Dunque il signor Querci venne a cercare Papà e disse:

"Lei conosce un certo Fritzel di Amburgo?".

"Certamente", rispose Papà "è un armatore. Abbiamo passato molto tempo assieme a Liverpool, tanti anni fa, quando facevamo pratica nelle nostre rispettive professioni".

"Egli è qui" disse il signor Querci. "La sta cercando dappertutto ed è capitato per sbaglio a casa mia. Io non sapevo se era veramente un suo amico o piuttosto una spia che voleva farla deportare, perciò gli ho detto che non la conosco. Lui però mi ha voluto dare il suo indirizzo di Lucca, e mi ha detto che, se per caso l'avessi incontrata, avrei dovuto dirle che Fritzel di Amburgo è da queste parti".

Papà fu contentissimo di queste notizie, e il signor Querci lo stesso, perché Fritzel gli era piaciuto, e lo avrebbe addolorato scoprire che era uno spione.

Così Papà si mise in contatto col suo vecchio amico, il quale, prima di partire per altra destinazione, riuscì ad ottenere che la Villa e il giardino fossero dichiarati monumenti di interesse artistico e messi sotto la protezione del Generale Kesserling in persona.

Un cartello, che attestava questo fatto, fu appeso ad ogni cancello, così da quel giorno non ci furono più requisizioni.

I grandi ascoltavano radio Londra e si domandavano cosa aspettassero gli Alleati ad avanzare.

Francesca sentì parlare per la prima volta dei repubblichini, e poiché essa non amava affatto la monarchia pensò dapprima che essi avessero a che fare con Mazzini e la Giovine Italia, anche se la desinenza in diminutivo la lasciava un po' perplessa. Poi ne vide passare alcuni, un giorno, proprio fuori del cancello, e da loro irradiava una tale prepotenza che essa capì subito che quelli erano amici per la pelle di Mussolini, e fascistoni peggio di tutti.

Chi erano i partigiani, invece, glielo aveva dapprima raccontato Ugo, al ritorno da un breve periodo di supersfollamento a Careggine; qua e là era poi riuscita a raccogliere altre notizie, che erano culminate con certe voci vaghe e di tono leggendario, riguardanti la formazione "Comando XI zona Patriotti", che la gente chiamava semplicemente la Banda di Pippo.

Le storie che le erano state raccontate a questo soggetto l'avevano incantata e messa in uno stato di esaltazione eroica; poiché la guerra pareva dovesse durare all'infinito, e Francesca quasi lo sperava, essa era ben decisa, non appena ne avesse avuta l'età, a prendervi parte, arruolata nella banda di Pippo.

La povera gente, invece, aveva una gran paura dei Tedeschi e dei Repubblichini, ma anche verso i partigiani, che pure considerava dalla propria parte, provava un sentimento di disagio: voci di rappresaglie verso chi li aveva aiutati si sussurravano da ogni parte, e Gattaiola non era una culla di eroi.

I Repubblichini, in quel tempo, avevano ordinato la presentazione alle armi di tutti i giovani di leva, ma a questo ordine non obbedì nessuno dei conoscenti di Francesca.

Nei momenti in cui veniva segnalata qualche operazione di rastrellamento, tutti gli uomini del paese si nascondevano in una galleria sotterranea del giardino, che serviva per convogliare nel laghetto le acque piovane.

Il primo ad inaugurare la galleria fu Ruggero, che ne aveva individuato l'ingresso durante una passeggiata. Si trattava di un piccolo buco nel terreno, mascherato da un cespuglio, nel folto di un boschetto. Di lì si poteva saltar dentro ad un tunnel alto quasi due metri, che proseguiva nei due sensi, mantenendo molto a lungo un'altezza che consentiva di camminare comodamente. Poi si riduceva talmente, che, nei due punti in cui sbucava all'aperto, nessuno avrebbe potuto sospettarlo capace di offrire un nascondiglio a qualcosa più di un topo.

Dunque Ruggero si nascose lì dentro una sera che si temeva un rastrellamento. Era inteso che la Anna lo avrebbe chiamato quando l'allarme fosse terminato, e che fino ad allora lui non si dovesse muovere.

Per un po' essa attese alla Villa giocando a bridge; poi, siccome si continuavano a sentire le camionette che giravano per il paese, e sembrava che non dovessero smetterla mai, se ne andò alla Burlamacchi per mettersi comoda sul suo letto, pronta a schizzar fuori per ricuperare il marito non appena la situazione si fosse schiarita. Ma la Anna era giovane e sana, e le sue funzioni seguivano il ritmo naturale della gioventù e della salute: non appena essa toccò i lenzuoli si addormentò come una pietra e fu svegliata solo l'indomani mattina alle nove da un Ruggero furibondo e fortemente raffreddato.

Da quel momento Ruggero si adoprò per procurarsi delle alternative alla galleria sotterranea in fatto di nascondigli, ma il rifugio, che egli aveva per primo esplorato e collaudato, fu utile a molti altri uomini in quel tempo in cui i rastrellamenti dei Tedeschi e dei Repubblichini erano tanto frequenti.

Intanto Papà viveva ormai stabilmente a Gattaiola, e l'ultima volta che era venuto giù da Barga aveva condotto con sè un amico conosciuto all'albergo Libano, dove a entrambi venivano forniti, dal volenteroso proprietario, letti eccellenti e pranzi da fame.

Questo nuovo arrivato si chiamava Enrico De Negri ed era un filosofo. Francesca sapeva cos'era un filosofo, perché ce ne era già stato uno, ospite a Gattaiola, che si chiamava Giuseppe Rensi e la cui bicicletta essa ebbe in eredità quando egli morì.

Era una bicicletta nera, coi cerchioni di legno, un po' grande per Francesca, benché essa fosse una Bambina altissima. Dunque questo De Negri era giovane, a differenza del professor Rensi, e faceva morire dal ridere. Cantava molto bene il Barbiere di Siviglia, soprattutto la parte di Rosina, che eseguiva con voce di soprano.

In quel tempo la Fräulein Wünsch aveva confessato candidamente alla Mamma di non avere alcuna vocazione per l'eroismo, informandola che, poichè la zona pullulava di ebrei, di ricercati, di disertori, essa avrebbe preferito andarsene per non rischiare di dover tradire tutti, una volta che fosse stata sottoposta ad un interrogatorio.

La Mamma la licenziò chiamandola "palla di lardo senza fegato" ed assunse, per sorvegliare Marina e per curare che Francesca si lavasse regolarmente, una ragazza proveniente da un paese dell'Appennino Emiliano vicino a quello della Nora. Era piccolissima di statura, con grandi occhi celesti e si chiamava Zelfa.

De Negri veniva alla mattina a svegliare le Bambine nella stanza dove ora dormivano insieme. Si infilava sotto il materasso di Marina, e, strisciando come un serpe, sbucava fuori nel corridoio tra i due letti gemelli. Allora, senza toccare terra, passava sotto al materasso di Francesca, lo attraversava, ed usciva dall'altra parte. Questo esercizio piaceva molto alle Bambine e anche De Negri ne andava assai fiero.

La Zelfa diceva:

"Professore, si levi di torno e non faccia mica confusione".

De Negri soffriva di insonnia e passava molte ore a dormire per recuperare il sonno perduto. Leoncini, che divideva con lui il piano di mezzo, ora libero dai Tedeschi, diceva:

"Se tu non avessi l'insonnia mi domando quanto mai riusciresti a dormire".

Quando c'era l'allarme aereo tutti si radunavano nel seminterrato. De Negri arrivava sempre per primo, con un materasso sulla testa, perché teneva moltissimo alla sua pelle, e poi evidentemente aveva confidenza con i materassi.

Quando l'arcivescovo di Lucca fece quell'anno la visita pastorale alla parrocchia di Gattaiola, in occasione delle cresime, fu invitato a prendere il thé alla Villa. L'Erina, che non arretrava di fronte a nessuna difficoltà culinaria, aveva fatto dei beignets ripieni di panna montata. De Negri ne prese uno dal vassoio che Pompeo gli porgeva e disse a Marina:

"Ti piace la panna?"

E, senza attendere la risposta, le spiaccicò la pasta sul viso.

Poiché Marina, che non sapeva stare allo scherzo,

si mise a piangere a dirotto, egli tentò di consolarla:

"Non c'è motivo di prendersela" disse "guarda che bellezza", e spiaccicò un beignet anche sulla propria faccia.

Ne seguì una gazzarra alla quale parteciparono anche Leoncini e Francesca. L'arcivescovo assisteva impietrito.

La guerra, intanto, si trovava già da un bel pezzo in una fase per cui si vedeva bene che era agli sgoccioli. Quando passavano le formazioni di bombardieri Francesca chiedeva a Ranieri:

"Sono Alleati o Tedeschi?"

Ma ora, quel ragazzo così bene informato, rispondeva invariabilmente:

"I Tedeschi non hanno più nemmeno un carretto a mano, figuriamoci i bombardieri".

Anche radio Londra affermava che la fine della guerra era ormai vicina. Ogni tanto diceva anche delle cose senza senso come: "le castagne sono cotte", "la neve cade sui monti", "la chiesa è piccola". Ranieri sapeva cosa volevano dire queste frasi strane e lo spiegava agli altri bambini:

"Sono messaggi cifrati per i partigiani".

Francesca allora ascoltava la radio con un brivido e sentiva di vivere in un momento bellissimo.

Un giorno di luglio, mentre tutti stavano a tavola in sala da pranzo, comprese le Bambine, che in assenza della Fräulein mangiavano con i grandi, si sentì grattare alla porta d'ingresso come da un cane. Lì per lì nessuno ci fece caso, perché attaccata fuori c'era una campana, e chi voleva farsi sentire la suonava. Ma il rumore continuava, e tutti dissero:

"Ma chi sarà che gratta a questo modo?"

Pompeo si avviò all'ingresso, e anche Papà lo seguì e la Mamma disse:

"Voglio vedere anch'io", e allora Francesca non potè resistere alla curiosità, pur avendo il tovagliolo di quelli da bambini legato al collo col nodo doppio, impossibile da sciogliersi senza aiuto, e lei proprio odiava farsi vedere in quello stato quando non c'era davanti la tavola a ripararla un po'.

Insomma alla porta c'era il tenente Wilkening, così magro e sporco e stracciato che non si riconosceva più.

La Mamma disse a Papà:

"Povero Cristo, facciamolo entrare in salotto".

Quello fu l'unico Tedesco che in tutta la guerra entrò in una stanza della Villa senza averla requisita, eccetto quella volta che il dottore visitò Marina.

Francesca si fece piccola piccola per non essere mandata via, dato che sapeva che il Tenente Wilkening parlava il francese e perciò non avevano bisogno di lei come interprete. Così nessuno le badò, mentre quel poveraccio raccontava che lui e i suoi compagni avevano combattuto a Cassino e che tutti gli altri erano morti. Il capitano Schultz, il dottore, il soldato che profanava quelle tombe che per lui erano sepolcri di bambini, Toni, Willi, i buoni, i cattivi, i grandi e quelli che erano ancora ragazzi.

"Ora non ne posso più" disse il tenente Wilkening "ho gettato via le armi e voglio andare a morire a casa mia. Devo nascondermi dai Tedeschi, dai repubblichini e dai partigiani, e non mi domando tanto se arriverò o meno a destinazione, ma piuttosto se sarò fucilato nel petto o nella schiena. Non che mi importi del resto" assicurò "e poi, per ogni metro che vado avanti, sono di un metro più vicino a casa".

Francesca avrebbe voluto supplicare i suoi genitori di nascondere anche lui in qualche stanza murata o galleria sotterranea, ma non ci provò neppure perché credeva chè per loro un Tedesco fosse sempre un Tedesco anche se faceva pena, e lui, da parte sua, non voleva sopravvivere ma solo correre come un matto verso la sua casa.

Il Tenente Wilkening ricevette un pacchetto di roba da mangiare e se ne andò per la sua strada. Di lui non si seppe più nulla.

Un giorno, il comando tedesco fece affiggere un cartello sulle porte delle chiese di Gattaiola e Vicopelago, dove avvertiva che l'indomani, dalle dieci alle undici, bisognava tenere le finestre aperte, perché sarebbero state fatte esplodere delle mine, che potevano rompere i vetri con lo spostamento d'aria. Infatti, puntualmente a quell'ora, i Tedeschi fecero saltare il ponte sull'Ozzori e i cavalcavia sull'autostrada Firenze-Migliarino. Contemporaneamente andò via la luce, e si seppe che allo stesso modo era stata distrutta la centrale elettrica che dava corrente a tutta la Lucchesia.

Dopo di ciò i Tedeschi si ritirarono, ma gli Alleati non si sognarono di farsi avanti.

La Mamma andò all'Ozzori, per vedere lo sfacelo del ponte, e Francesca la seguì.

Trovarono un uomo e un ragazzino, con un carretto a mano, che caricavano le assi di legno per portarsele via. La Bambina vide che la Mamma, non appena da lontano si era accorta di cosa stava succedendo, aveva cominciato ad infuriarsi, e sempre più si imbestialiva via via che si avvicinavano.

Quando raggiunsero i due, che Francesca aveva visto in chiesa ed erano padre e figlio, sfollati, che si chiamavano Galli, la Mamma era assolutamente furibonda.

"Schifoso sciacallo" disse "lei vuol trarre vantaggio dalla rovina del suo paese".

"Io voglio solo un po' di legna da bruciare" rispose il signor Galli.

"Lei è un miserabile" gridò la Mamma, e gli mollò due ceffoni. Poi aggiunse:

"E se ha bisogno di legna venga in giardino a farsela dare".

Il signor Galli se ne scappò via spingendo il suo carretto vuoto e il bambino gli andava dietro e diceva:

"Che prepotenza, che prepotenza".

Francesca si sentiva il cuore come una noce, e da quella volta cercò di non andare più a messa a Vicopelago; e, quando doveva andarci stava con gli occhi bassi, per paura che il Signor Galli o il figlio, incontrando il suo sguardo, dovessero rivivere l'umiliazione di quel giorno.

Poi, tutto il materiale lanciato qua e là dall'esplosione, fu fatto radunare dalla Mamma e messo in giardino, dove rimase fino a che non fu usato per ricostruire il ponte.

Per molto tempo sull'Ozzori si passò in barca, con gran divertimento dei ragazzi.

Anche la mancanza della luce contribuì ad accentuare il clima di avventura. Al laghetto c'era una polla che dava acqua in abbondanza, ma naturalmente il motore che la portava in casa non funzionava; però in cucina c'era un pozzo che fu rimesso in attività. Per pompare l'acqua fino ai serbatoi dei piani superiori bisognava girare una ruota gigantesca, e chi si voleva lavare doveva dare un certo numero di giri: tanti per la barba, tanti per il bagno e così via. Erano stati riesumati gli scaldabagni a legna, che davano un magnifico odore e soprattutto permettevano di lavarsi in una stanza calda.

Papà partiva la mattina con il suo equipaggiamento da toeletta, e compiva le sue abluzioni direttamente alla sorgente presso al laghetto. Lì c'era una acqua freddissima, ma a Papà piaceva molto strabiliare il suo prossimo con questo genere di prodezze.

Per l'illuminazione c'era ogni tipo di sostituti all'elettricità: la Mamma non era donna che qualsiasi evento potesse trovare impreparata. C'erano candele, lampade ad acetilene puzzolentissime, lumi a petrolio, pile a mano, con una specie di maniglia che andava continuamente schiacciata e lasciata andare: questo faticoso esercizio permetteva di trarre dall'apparecchio una fioca luce e un lancinante suono come di sirena.

Naturalmente per i grandi la mancanza di notizie era una gran privazione, ed ecco perché Don Cavalleri, capo delle suore dell'apostolato liturgico e studioso di fisica, si mise in testa di costruire una radio a galena.

Il tentativo avvenne nella biblioteca della Villa, con la collaborazione di Papà, di Leoncini, di Ruggero e del Colonnello Carano. De Negri era tagliato per le cose della scienza assai meno degli altri, e non si interessò alla faccenda.

Don Cavalleri forò in più punti una vaschetta per le penne di bachelite marrone e inserì nei buchi dei piccoli oggetti che Francesca non riuscì ad identificare, perché, come al solito, essa assisteva da un angolo della stanza, silenziosa e quasi invisibile, per non farsi cacciar via.

Poi tutti provarono a turno ad ascoltare ma nessuno sentiva niente. Solo Leoncini disse:

"Sento come un segnale lontano".

Ma Leoncini era un po' sordo e non avrebbe sentito il segnale lontano neppure se ci fosse stato per davvero.

Allora cominciarono tutti a parlare insieme. Don Cavalleri diceva:

"Questo materiale non isola".

Il Colonnello Carano diceva:

"Proviamo a cambiare l'avvolgimento".

La Mamma diceva:

"La carta isolerebbe?".

"Sì", rispondeva Don Cavalleri, "ma è troppo moscia".

Ruggero suggeriva:

"Proviamola all'aperto".

Insomma, la radio a galena non funzionò mai.

Intanto gli Alleati erano vicinissimi ma non si decidevano mai ad avanzare. Un bel giorno la Mamma e il Papà decisero di montare in bicicletta e di andarli a prendere.

"Vengo anch'io" disse Francesca.

La Mamma rispose:

"Neanche per idea".

"Ecco" rimuginò amaramente Francesca tra sè "ora che non vi serve l'interprete mi gettate nella spazzatura".

Insomma, la Mamma e il Papà andarono e dissero agli Alleati:

"Cosa aspettate, brutti poltroni? Non c'è più un Tedesco neanche a cercarlo col lanternino".

Così gli Alleati arrivarono, gli sfollati tornarono piano piano alle loro case, la centrale elettrica fu riparata, la gente di città ebbe un po' meno fame e a tutti venne una gran voglia di ballare.

A Vicopelago, lo Zoppino, che era una tabaccheria con alimentari e osteria, mise su una pista da ballo, dove ogni domenica c'era pomeriggio danzante.

La Ida, la Bruna, la Nora e la Zelfa non perdevano una festa, e anche Francesca e la Paola erano autorizzate a seguirle. Ranieri era sdegnoso e non venne mai, con gran rabbia di Francesca.

La Paola era timida e poi non aveva un vero amico tra i giovanotti grandi, perciò stava seduta ad ascoltare la musica; a Francesca, invece, qualche volta Silvano diceva:

"Vieni, che ti insegno a ballare".

Ed era un gran divertimento, perché egli ballava benissimo.

Intanto la Paola aveva fortunatamente dimenticato Lorenzo Guidozzi e si era innamorata del batterista che era molto meglio. Oltre a lui nell'orchestra c'erano una chitarra e una fisarmonica; le canzoni che riscuotevano maggior successo erano "Solo me ne vo per la città", "Angelina", "Pino solitario", "Mare che tu".

Ci fu un momento, nella vita dei ragazzi del parco, in cui diventarono strani. Forse uno di loro stava attraversando un periodo critico del proprio sviluppo, e gli altri non sapevano resistere al cattivo esempio; oppure c'era qualcosa nell'aria. Quei giorni vennero misteriosamente e altrettanto misteriosamente se ne andarono. Francesca, dopo, non poteva ripensarci senza sentirsi invadere da una cocente ondata di vergogna; ed anche la Paola, Ugo, la Puccia e Marina, evidentemente, non li ricordavano volentieri, perché nessuno, in seguito, accennò più a quel periodo, e tutti parevano volersene dimenticare.

Incominciarono col mettere un pizzico di crudeltà nei loro giochi. Dissero, un giorno:

"Andiamo alla terrazza rossa a vedere chi passa".

La terrazza rossa era un alto bastione di mattoni al margine del parco, dal quale si poteva vedere la strada pubblica senza essere visti. I ragazzi, dunque, andarono alla terrazza rossa e osservarono per un po' il passaggio: paesani, soprattutto, ma anche sconosciuti, gente di città che veniva a cercare uova e verdura in campagna, sfollati che ancora non erano ritornati alle loro case.

"Mettiamo in mezzo alla strada un pacchetto che sembri roba da mangiare" disse uno dei ragazzi "però riempiamolo di popò di cane".

"Sì! Il primo fesso che passerà crederà chissà cosa, e poi ci rimarrà malissimo, quando lo avrà aperto!".

"Se è uno sfollato livornese, come minimo gli prenderà un colpo". Si diceva infatti che gli sfollati livornesi erano i più affamati, perché erano quelli che da più tempo e più completamente erano rimasti tagliati fuori della loro città.

Fecero il gioco, e lo rifecero per molti giorni.

Una volta, Ugo, che stava di vedetta, annunciò:

"Ehi, sta arrivando Natalia con i fratelli".

"Avvertiamola".

"Sì, sì, è meglio".

Natalia era una ragazzina poco maggiore di Francesca, che mendicava per le campagne seguita da tre o quattro fratellini più piccoli.

"Natalia, Natalia, lascia stare quel pacchetto, lo abbiamo messo noi: è uno scherzo".

Ma intanto, uno dopo l'altro, i fratellini avevano avvistato l'insolito oggetto che giaceva sulla strada, e, correndo avanti rapidi come topolini, convergevano attorno al pacchetto. Non lo aprirono, però, e così com'era lo misero in mano alla sorella.

"Lascia stare, ti dico" seguitavano a gridare dall'alto della terrazza rossa "è solo popò di cane".

"Perché?" volle sapere Natalia.

"Per prendere in giro quelli che passano".

"Ho capito".

Natalia mise il pacchetto dove i piccoli l'avevano trovato e riprese il cammino.

"E' arrabbiata" disse uno dei ragazzi.

"Capirai".

Nel contratto di lavoro di Virgilio, il custode, non era previsto che la lavanderia della Villa provvedesse al suo bucato; perciò, una volta alla settimana, veniva da lui Elvira, una sorella che abitava a Meati, per prendere i suoi panni sudici e portargli quelli puliti. Questa Elvira era una vecchia molto sorda, e una volta i ragazzi idearono il gioco di muo-

vere le labbra, in sua presenza, senza emettere alcun suono: per darle ad intendere di essere piombata improvvisamente nella sordità completa. Questo gioco fu tentato più volte, ma fallì sempre miserevolmente. Elvira diceva ogni volta ai ragazzi:
"O bischeri, ci andate a letto! ".
In Lucchesia, infatti, quando si invita qualcuno ad andarsene a letto è per manifestargli disprezzo. Si può dire anche:
"Vai a letto, e copriti bene".
Dino era un giovane cieco che abitava a San Donato. Egli girava sempre per la campagna, ma non per mendicare, poiché la sua famiglia aveva di che vivere. Girava così, per passeggiare. Veniva anche nel parco, e si intratteneva sempre con i ragazzi. La sua specialità era quella di riconoscere al fiuto vari tipi di legno. Gli si dava un pezzetto qualsiasi, lui l'odorava, e diceva, senza esitazione:
"Leccio" o "noce" oppure "ornello" e così via.
Una volta, uno dei ragazzi che circondavano il cieco chiamò:
"Dino, Dino, senti un po' qua! ".
E Dino si voltò bruscamente, quasi spaventato. Quel gesto formò come una crepa sottile nella figura di quel giovane pacifico, rassegnato alla sua condizione, adattato, in qualche modo, alla vita; e attraverso la crepa si potè vedere per un attimo, dentro, il terrore del buio, l'immensa diffidenza. E allora i ragazzi, come invasati, si gettarono tutti insieme, freneticamente, ad allargare la breccia:
"Dino, Dino, da questa parte! ".
"Di qua, di qua, voltati di qua! ".
"Dino, Dino! "

"Dino, Dino! "

Il giovane era smarrito, e i suoi movimenti erano quelli di un uomo che si dibatte in catene. Ma poi si impadronì di lui una collera furibonda, ed egli prese a slanciarsi verso questa o quella voce, con le mani tese ad afferrare. I ragazzi allora si dispersero in fuga, e Dino se ne tornò a casa.

Questa fu l'ultima volta che Francesca e gli amici fecero un gioco crudele. Non ci fu una decisione esplicita, ma nessuno propose più di trarre il proprio divertimento dall'altrui sofferenza.

Dino tornò a trovarli, e per quel giorno essi gli avevano preparato una sorpresa: un listello di palissandro che avevano faticosamente rimosso da un mobile della Villa.

"Senti un po' qui. Questo ti interesserà, perché non lo conosci di certo".

Dino annusò.

"O cos'è?".

"Si chiama palissandro, è un albero che cresce in paesi lontani".

"In Australia?".

"Sì, in Australia".

Di questo i ragazzi non erano sicuri, ma non esitarono ad affermarlo, perché sapevano che la fantasia di Dino era piena di sogni su quella terra, nella quale erano emigrati certi suoi lontani parenti.

Dino annusò ancora.

"Come lo avete avuto?"

"Rubato".

"E' proprio un odore nuovo".

"Puoi tenerlo" dissero i ragazzi "così lo impari bene".

"D'accordo. Come avete detto che si chiama?"
"Palissandro".
"Me lo ricorderò, perché l'ortolano si chiama Lisandro".

# V

La guerra era ormai finita e la Mamma e il Papà ricominciarono a fare la spola tra Lucca e Genova. La città era stata bombardata in lungo e in largo, ma i Nonni stavano bene e così pure gli zii e i cuginetti, che adesso erano quattro, perché durante la guerra era nata una sorellina. Lo zio Enzo aveva sposato una ragazza di Parma che aveva conosciuto mentre si nascondeva dai fascisti, e la coppia aveva ora un bambino. Così c'erano due nuovi cugini da conoscere, e Francesca ardeva di impazienza.

Un cugino della Mamma era morto in Russia, ed il marito di una cugina di Papà era affondato con la nave Roma, su cui era imbarcato come ufficiale. Un amico di Papà, che aveva partecipato alla resistenza, era stato fucilato dai Tedeschi al passo di Ruta. Di un altro amico era venuto fuori, tra lo stupore e il dispiacere di tutti, che aveva fatto la spia dell'Ovra.

La Mamma aveva fatto rimettere a posto la vecchia Artena i cui sedili si erano tutti tarlati. Venne un tappezziere a ricoprirli, e il suo lavoro era seguito con molto interesse dai ragazzi, escluso Ranieri, che a ottobre sarebbe entrato in prima liceo e credeva di essere chissà che cosa.

Una volta il tappezziere disse a Francesca, che come al solito stava esibendosi in acrobazie, spiri-

tosaggini e civetterie di ogni genere:
"Tu, da grande, farai girare la testa agli uomini".
"E io no?" chiese la Paola.
Il tappezziere la studiò attentamente, poi decretò:
"Forse".
"E io, e io?" gridò la Puccia, che a quel tempo, ahimè, assomigliava a Ruggero, mentre era Ugo a somigliare alla sua bella mamma.
"Tu, al massimo, gli farai girare le scarpe".
Invece la Puccia, da grande, diventò molto bella.
Quando l'Artena fu pronta, la Mamma e Papà cominciarono ad andare a Genova in macchina, perché i treni erano lenti e scomodi. Francesca sapeva che sul Bracco c'erano i banditi, ma non aveva paura per i suoi genitori: certo nessun malvivente si sarebbe azzardato a prendersi delle confidenze con due personaggi così maestosi. Sicchè la Bambina era contentissima dello sprezzo del pericolo che i suoi genitori dimostravano, ne andava orgogliosa e se ne faceva bella con gli amici.
Papà andava anche a Pisa, a insegnare diritto penale all'università, ma quel viaggio lì lo faceva in bicicletta. A volte passava dal mercato del pesce e portava delle cose che Francesca non ricordava di aver mai visto, come i frutti di mare o i gamberi.
Quando venne l'estate, fu deciso che Francesca sarebbe andata in montagna a Santonio, il paese della Balia Dina.
Le pecore erano già partite con Paolo, e non tornarono più, dato che la guerra era finita. Del resto anche la piantagione della canapa, le marmellate, le mele e i fichi secchi, le conserve di pomodoro,

tutto finì; e l'abisso tra l'esistenza che si conduceva alla Villa e quella operosa delle famiglie che Francesca aveva sempre considerato dentro di sè le "famiglie vere", tornò ad essere profondo e invalicabile come prima.

Il viaggio verso Santonio fu lunghissimo ed avvenne parte in treno, parte in corriera e parte a dorso di mulo.

La casa della Balia Dina era un pochino fuori del paese, sulla strada che portava a Villaminozzo. Sul retro aveva un prato, circondato da una siepe di ciliegi selvatici; oltre la siepe c'era ancora prato, che precipitava rapidamente verso il fondo valle, dove si vedevano i tetti del paese di Tapignola, che aveva l'unica chiesa nel raggio di chilometri e chilometri. Andare alla messa, la domenica, era una scarpinata tremenda, e ancor più tornare a casa; però valeva la pena perché si incontravano una quantità di persone dei paesi vicini.

Il gabinetto era fuori, in un casottino vicino alla siepe. La casa della Balia Diana era la più raffinata del paese, perché al piano terreno aveva anche l'ingresso e il salotto, mentre le altre non avevano che la cucina.

L'acqua si prendeva alla fontana, in paese, e si teneva sull'acquaio di pietra, in un secchio.

C'erano il camino e il fornello a carbone, ma non la cucina a gas o elettrica: del resto l'elettricità non c'era per niente e per l'illuminazione si usavano i lumi a petrolio.

I letti erano altissimi, con materassi rigonfi, riempiti di sfogliatura di granturco. Le lenzuola avevano ricami elaboratissimi, di una ricchezza che Francesca non aveva mai visto prima.

La Balia Dina faceva il pane in casa, come tutte le donne del paese, ma non aveva il forno, perciò lo portava a cuocere da un'amica. Francesca assisteva alla lavorazione della pasta con un incanto che non era attenuato dal fatto che per tutta la guerra anche a Gattaiola il pane si faceva in casa; il momento più bello, però, e lì veniva la novità, era quando la Balia Dina poneva tutte le forme in fila su di un'asse, le copriva con un telo candido e, dopo aver messo il tutto in bilico sulla testa, partiva alla volta del forno. Lì incontrava le altre donne che avevano anch'esse portato il loro pane a cuocere, e tutte si mettevano a chiacchierare in attesa che fosse pronto. Il giorno del pane, che era lo stesso per tutte le famiglie del paese, Francesca accompagnava sempre la Balia Dina, e non mancava di fare il giro degli altri tre o quattro forni che c'erano a Santonio per salutare tutte le paesane.

Questo pane emiliano era molto più buono di quello di Gattaiola, fin che era fresco, ma quando diventava secco era assai peggiore: al quinto o sesto giorno era veramente pestifero. Allora la Balia Dina faceva per Francesca delle frittelle cotte nello strutto che si chiamavano crescentin. Questi crescentin erano la cosa più buona che la Bambina avesse mai mangiato.

Tutte le donne, le ragazze e le bambine dagli otto o nove anni in su, ogni volta che si trovavano con le mani libere, filavano la lana. Filavano mentre sorvegliavano le mucche al pascolo, mentre prendevano il fresco la sera e in ogni minimo ritaglio di tempo.

Tutte le ragazze, dalla fine di maggio ai primi di luglio, andavano in Piemonte a fare le mondine: quando Francesca arrivò a Santonio erano appena tornate. Esse cantavano spesso in coro: soprattutto "il Cacciatore nel bosco" e "con gli occhi bianchi e neri". La Bambina imparò a cantare con loro, ma la Balia Diana le proibì di partecipare all'esecuzione di "con gli occhi bianchi e neri" perché, diceva, aveva delle parole che non stavano bene. Anzi, poiché godeva in paese di un'autorità quasi assoluta, riuscì a bandire completamente questa canzone per tutto il tempo che Francesca rimase sua ospite.

Una mattina, la Balia Dina e la Bambina partirono dalla casa di Santonio prestissimo, a piedi, portandosi dietro una sporta piena di cibarie. Dopo una camminata interminabile arrivarono a Gazzano dove mezzo mondo si era dato convegno per ascoltare cantare il Maggio.

Tutti sedevano in circolo attorno ad uno spiazzo erboso, al centro del quale un gruppo di artisti dilettanti, tutti maschi, impersonavano Orlando, Angelica, Rodomonte e gli altri eroi della letteratura cavalleresca.

Tutti erano mascherati con costumi molto simili l'uno all'altro, ma i personaggi femminili avevano una specie di grembiulino per poterli distinguere.

La vicenda era recitata in versi intonati secondo una cantilena, sempre uguale, accompagnata da un violino e da una chitarra. Durante le pause di questo spettacolo, che fu lunghissimo, artisti e spettatori si dissetavano bevendo vino da un fiasco che si passavano l'un l'altro.

Fu una festa meravigliosa, e Francesca credeva

di sognare, anche perché aveva bevuto molto vino. Al ritorno non ce la faceva quasi a camminare, ma per fortuna al Maggio avevano incontrato Arturo, il fratello della Nora, che doveva passare da Santonio per tornare al suo paese; ed egli la portò quasi sempre a cavalluccio.

Quell'Appennino Emiliano era davvero un posto dove ci si divertiva un mondo. La sera del sabato, a Santonio, si ballava all'aperto. La pista era di cemento, ben liscia, e circondata da una staccionata. C'erano delle seggiole, tutt'intorno, ma servivano solo per i vecchissimi, perché tutti gli altri ballavano senza sosta: impegnati, velocissimi e pieni di allegria. Le ragazze indossavano delle camicette di seta molto lucida, a colori vivaci: le portavano con orgoglio perché erano fatte di stoffa di paracadute, e possederle significava che il fratello o il fidanzato o l'amico aveva fatto il partigiano.

Il ballo, per i giovani e meno giovani, aveva in primissimo luogo valore come sfoggio di abilità, gioia di muoversi, piacere di sentire il ritmo. Il significato romantico, prevalente allo Zoppino di Gattaiola, qui era molto secondario. Le ragazze, infatti, quando erano a corto di cavalieri, ballavano volentierissimo anche tra di loro. Francesca ballava tutta la sera con una bambina della sua età che si chiamava Angelina.

Con Angelina stava tutto il giorno, aiutandola a fare le faccende di casa e a portare le mucche al pascolo. Imparò anche a filare, ma era un lavoro che le faceva venire la smania.

Un giorno, mentre tornava con Angelina dalla fontana, e l'aiutava a portare il secchio, reggendo una delle estremità di un bastone che avevano infilato nel manico, vide arrivare giù a rotta di collo, da una collina pelata sovrastante il paese, un giovanotto che cantava:

"Signori, sono Alcide,
"Alcide,
"Alcide.
"Il cuore me lo dice
"io crepo dal piacer".

"E quello chi è?" domandò Francesca alla sua amica.

"E' mio cugino Alcide".

Alcide si fermò davanti alle due bambine in un rovinio di sassi. Era magro, rasato quasi a zero, ed indossava indumenti che provenivano dalle divise di svariati eserciti.

"Salute Angelina" disse "questa deve essere la figlia dei signori".

"Dei signori Rossi" precisò Francesca educatamente.

"Godi fin che dura, perché siete agli sgoccioli, tu e la tua gente" disse Alcide con un largo sorriso, rivolgendosi a Francesca.

"In che senso, scusa?"

"Nel senso che tra non molto taglieremo la testa a te, a tutta la tua famiglia e all'altra gente come voi".

"Molto gentile. E perché? Si può sapere?"

"Perché tu, per esempio, hai quaranta milioni guadagnati col sudore degli operai".

"Io non li ho davvero quaranta milioni" rispose Francesca, abbandonando senza esitare i suoi genitorì alla furia della rivoluzione "e ogni soldo che ho avuto me lo sono sudato a suon di servizi, e di piaceri, e di otto e nove all'esame di ammissione".

"Va là, che sí vede che non sei tonta. Mi capisci benissimo. L'Angelina, qui, l'esame di ammissione non lo darà mai, e, se lo desse, potrebbe prendere tutti dieci, ma i suoi genitori un soldo da darle non lo avrebbero".

Questa era una cosa a cui Francesca aveva pensato spesso, ma Alcide era così sicuro di sè, così presuntuoso, che lei non poteva fare a meno di tenergli testa.

"Va là che sei un comunista! " gridò, con l'intenzione di rivolgere ad Alcide un insulto sanguinoso.

"Per l'appunto" rispose lui senza fare una piega. "Qua lo siamo quasi tutti".

Francesca era palesemente sbalordita da questa ammissione, e Alcide se ne accorse.

"Lo sa il cielo cosa ti fanno credere a te. Ti saluto. Ciao, Angelina".

E infilò di corsa il viottolo che portava a Villaminozzo, sollevando un gran polverone.

Francesca fece un mucchio di domande ad Angelina intorno a questo personaggio. Essa disse che era stato partigiano, e che effettivamente era comunista, come tanti altri, e che lassù l'unico che si scandalizzava era il prete, ma mica tanto; disse che esser comunista voleva dire combattere affinché tutti i soldi fossero messi in un mucchio, e poi distribuiti un tanto a testa, senza ingiustizie, in maniera che nessuno facesse la fame e nessuno potesse stare senza lavorare.

134

"Le mamme, per esempio, dovranno occuparsi tutte dei loro bambini, e non potranno affidarli alle governanti mentre loro giocano a bridge, è così?"

"Eh, certo".

"E dovranno far da mangiare e spazzare, mentre i bambini staranno lì vicino ad aiutarle?"

"Si capisce".

"E i padri?"

"Lavoreranno anche loro".

"Così gli avvocati non esisteranno più?"

"Eh, no".

Qui sembrava a Francesca che l'ideologia di Angelina avesse il suo unico punto debole.

"E i dottori, scusa?"

Angelina meditò a lungo.

"Anche il dottore è un lavoro" concluse.

"E allora l'avvocato è come il dottore. Uno non si sporca ma lavora lo stesso".

Angelina non era testarda.

"Beh, può darsi. Non lo so".

Francesca desiderava sviscerare l'argomento con un interlocutore di maggior prestigio.

"Quando torna Alcide?" chiese.

"Chi lo sa. Quello è come una capra selvatica".

La sera, a casa, Francesca domandò alla Balia Dina:

"Tu sei comunista?"

Ma essa la fulminò con lo sguardo che le riservava quando la sorprendeva a cantare "con gli occhi bianchi e neri", e disse virtuosamente che lei di quelle cose non si interessava.

La Bambina, prima di addormentarsi, pensò ai problemi che quel giorno per la prima volta le si erano presentati, e giunse alla conclusione che essere comunisti era la cosa più bella del mondo, specialmente per i bambini. Aveva studiato che i servi della gleba non potevano in nessun modo uscire dalla loro classe, e si domandava se anche per i signori fosse così.

Quando, dopo alcuni giorni, sentì da lontano la canzone di Alcide, gli corse incontro a perdifiato.

"Ehi, comunista" gli disse quando lo raggiunse.

"Ehi, capitalista".

"Senti un po', ma se un signore non volesse più essere un signore, potrebbe dimettersi?"

"Non è mai successo. I signori, quando a forza di bagordi rimangono senza una lira, si tirano una rivolverata, piuttosto che mettersi a lavorare. Non possono rinunciare ai loro ricevimenti in punta di forchetta, ai loro vestiti di lusso e ai loro salamelecchi".

Questo quadro, paragonato alle gioiose serate del sabato, con la chitarra e la fisarmonica e le ragazze vestite di paracadute, sembrava a Francesca di uno squallore infinito.

"Ma io ci voglio rinunciare! A me piace andare alla pista e ballare con l'Angelina".

"Saresti la prima".

"E va bene, sarò la prima".

Alcide non la prendeva molto sul serio, anzi la canzonava proprio, però, ogni volta che la incontrava si fermava a chiacchierare con lei, e divenne suo amico. Quando la vedeva di lontano il suo cenno di saluto consisteva nel fare, col pollice, il segno di tagliarsi la gola e le diceva sempre:

"Ancora pochi mesi".

Però, quando la Bambina fu per partire, le disse, nel salutarla:

"Va là, che forse a te la testa non la taglieremo".


Francesca e la Balia Dina tornarono a Gattaiola verso la metà di settembre, subito dopo la vendemmia, che quell'anno aveva avuto luogo molto per tempo.

Gli amici erano tutti un po' ,malati, perché durante la pigiatura si erano ubriacati a forza di bere mosto e di ispirare le esalazioni alcooliche.

Francesca apprese da Silvano che, durante il suo stato di ebbrezza, Ranieri si era comportato in modo particolarmente sciocco, e le dispiacque di non aver assistito al ridimensionamento del liceale.

L'ultima settimana di vacanze, alla vigilia di entrare in prima media, Francesca fu invitata a passare qualche giorno a Villa Querci. Essa vi andò volentierissimo perché, come ho detto, nutriva una speciale simpatia per quei signori che non avevano più la loro bambina.

Nel parco di Villa Querci c'era un laghetto che era ancora più straordinario di quello di Gattaiola, perché aveva una vera isola, con alberi, nel mezzo.

La signora disse però a Francesca, con quella sua aria supplichevole e sprovvista di ogni traccia di autorità, di non andare mai sull'isoletta, perché era pericoloso; e Francesca dette la sua parola d'onore, cui tenne fede scrupolosamente, perché quello era un modo di chieder le cose al quale non sapeva proprio dir di no.

Nella villa erano alloggiati in quel momento due partigiani, per quale motivo Francesca non lo sapeva. Questi incantarono Francesca per la loro bellezza, a cui la Bambina era sempre molto sensibile, e per la straordinaria sensazione, che essi le davano, di essere una sola persona divisa in due, in modo che le due metà identiche avessero ricevuto una tutta la luce, l'altra tutta l'oscurità di cui un uomo dispone; una tutta la gioia, l'altra tutta la malinconia. Le ricordavano una novella i cui due protagonisti, ugualmente affascinanti, erano il Re del Giorno e il Re della Notte.

Il partigiano Re della Notte era ferito ad una gamba: pallido, suscettibile, aveva un viso bello e malinconico con lunghe ciglia su occhi pieni di tristezza.

Non era mai contento: una volta voleva che il suo bastone stesse appeso alla gamba ferita, che egli teneva stesa su di un panchetto di fronte alla sua poltrona; ora lo lanciava lontano, dicendo che gli dava fastidio; ora voleva la finestra aperta, e subito dopo chiusa, e la radio accesa e subito dopo spenta. Ogni tanto diceva al suo compagno:

"Poveraccio, quanto ti rompo le scatole".

Il partigiano Re del Giorno, abbronzato, pieno di forza e di salute, non faceva una piega e rideva sempre, assistendo il suo compagno con inalterabile amicizia ed allegria.

Entrambi parlavano e parlavano, senza stancarsi, di Pippo e delle azioni cui avevano partecipato sotto alla sua guida: il malato con nostalgia, il sano con esaltazione.

Entrambi però, quando il discorso cadeva sul futuro, apparivano smarriti, come se tutta la loro fiducia si fosse consumata nella lotta clandestina.

Francesca intravedeva attraverso i loro occhi la avventura umana come un cieco annaspare senza senso, nel quale, qua e là, poteva nascere, come un fiore, l'illusione di un significato, sempre legata però ad una situazione transitoria di lotta: come la guerra, come il diventare grandi.

Essa si domandava se anche lei, una volta completato il travaglio della crescita, si sarebbe sentita perduta come i due partigiani dopo la guerra.

Il primo ottobre, di ritorno a Gattaiola, Francesca e la Paola fecero il loro debutto alla scuola media di Corte Portici. Entrambe le bambine si innamorarono seduta stante di un compagno ripetente a nome Favilla.

Il primo compito in classe di italiano fu un componimento sul tema: "Dalla scuola elementare alla scuola media: considerazioni e confronti".

Un ragazzo piccolissimo, con i capelli rossi, svolse il tema nel seguente modo:

"Alle elementari avevamo una sola maestra, che si curava di noi, un po' come una mamma; qui invece abbiamo un mucchio di professori che ci chiamano per cognome. L'insegnante di disegno, professor Lippi, alle femmine dà addirittura del lei. Questo significa che non siamo più bambini".

Anche Francesca si sentiva al limitare dell'adolescenza, un po' come se avesse un piede al di qua e uno al di là di questa soglia. Aveva tanto desiderato di diventare grande, e da molto tempo lei e la Paola, quando in primavera sentivano cantare il cucù, recitavano:

"Oh cuculo dal culo fiorito, dimmi: tra quanti anni troverò marito?"

E il cuculo cantava cinque, sei, dieci volte, che alle bambine sembravano tante e poi tante, da temere di non aver la pazienza di aspettare.

Ora però, sia Francesca che la Paola, guardavano, sì, indietro con una certa saturazione, ma si volgevano al futuro con diffidenza. Esse dicevano l'una all'altra:

"Giura che non porterai mai calze di seta".

"Giuro".

"Giura che non correrai mai in quel modo cretino che usano le donne".

"Ci mancherebbe altro".

"C'è niente di più schifoso del petto?"

"Ohibò. Ma tanto a noi non crescerà mai".

A scuola erano brave, e in un compito in classe di latino la Paola prese dieci e Francesca nove. Ebbero in premio dei denari coi quali comprarono in società "Le Tigri di Mompracem".


Un giorno Francesca se ne stava sul suo albero. Si trattava di un leccio, sul quale essa non aveva mai invitato nessuno e che le serviva per andarci a leggere. I rami avevano delle belle biforcazioni, comode, anche, ma Francesca aveva aggiunto delle assi inchiodate, disposte in modo da formare un sedile, un poggiapiedi, un leggìo e uno scompartimento per i viveri. Sul leggìo, in quel momento, poggiava "Le due Tigri" e nello scompartimento dei viveri c'era pane e olio con noci schiacciate.

Dall'alto dell'albero, Francesca vide Silvano che correva verso la Villa.

"O Silvano, cos'è che ti fa andare tanto di volata?"

Il giovane alzò lo sguardo, e scorse Francesca tra i rami.

"Scendi subito, vieni a chiamare la tua mamma".

Francesca non faceva mai quello che le dicevano di fare senza discutere all'infinito, però era molto curiosa ed aveva visto che Silvano era in preda a una grande eccitazione. Cominciò subito a calarsi dall'albero.

"Ma che è successo?"

"Cammina e spicciati".

Francesca toccò terra, e corse dietro a Silvano, verso la Villa.

"E' riscoppiata la guerra?"

"Certo che questa non è pace. Quei bastardi".

"Quali bastardi?"

"Gli Indiani che si sono accampati lungo l'Ozzori. Quando sono arrivati ho visto subito che avevano delle facce strane".

"Ma fammi il piacere".

Francesca e la Paola erano state felici di veder giungere a Gattaiola, in carne ed ossa, i personaggi letterari cui in quel momento andavano le loro preferenze.

La Bambina e Silvano erano intanto arrivati alla porta della Villa.

"Entra tu a chiamare tua madre, che io ho gli zoccoli. Dille che è urgente".

"Va bè".

Quando finalmente Silvano potè comunicare con

la Mamma, si mise subito a parlare con voce altissima, come faceva sempre con i genitori di Francesca. Pareva che egli, non essendo ben certo di venir compreso, facesse almeno del suo meglio per esser udito molto bene. Del resto, anche con i soldati stranieri con cui si era trovato a volte a dover comunicare, egli non tentava mai di ricorrere alla mimica, ma preferiva ripetere all'infinito la stessa frase, incomprensibile per l'ascoltatore, elevando gradualmente la potenza della voce.

"Signora" egli gridò "gli Indiani portano via i pali della vigna. Ci rovinano".

"Gli Indiani?"

"Sì, gli Indiani".

"Non ti muovere, torno subito".

La Mamma rientrò in casa per riapparire dopo poco abbigliata in modo singolare. Alla solita gonna di gabardine kaki aveva aggiunto una camicetta dello stesso colore, con grandi spalle quadrate, che doveva essere vecchissima, perché Francesca non se la ricordava. Aveva poi i suoi stivali da cavallerizza, guanti di cinghiale e un frustino in mano.

"Mamma, sembri Tartarin di Tarascona".

"Impicciati degli affari tuoi".

La Mamma si avviò risolutamente verso il podere del Carlo, seguita da Silvano e da Francesca. Effettivamente la vigna era percorsa in lungo e in largo da Indiani in turbante, che sradicavano i pali delle viti e pestavano tutto. Era uno spettacolo abbastanza incredibile, nella sua anacronistica stravaganza, e Francesca ne fu esilarata. Per la Mamma invece non era il momento della contemplazione. Essa si rivolse ad un caporale che sorvegliava alcuni soldati mentre caricavano i pali su di un camion. Parlò in inglese, con fredda alterigia:

"Desidero che questa roba venga immeditamente scaricata e rimessa dove si trovava".

Il caporale commise l'errore di sottovalutare la Mamma, e sorridendo con bonaria ironia, rispose:

"Oh no, no. Questa è legna secca di nessun valore, e noi ne abbiamo bisogno per fare fuoco".

La statura della Mamma crebbe di dieci o venti centimetri tutto d'un botto. Il suo accento diventò super oxoniano.

"Il mio è un ordine preciso, e intendo che venga eseguito".

L'Indiano si voltò verso i suoi compagni, per prenderli a testimoni del fatto che in Europa ne capitavano proprio di tutti i colori.

"Ha ha", rise "tu stai scherzando".

Allora la Mamma, senza fare altri discorsi, alzò il frustino e colpì il caporale dritto sulla guancia.

Seguì un attimo in cui tutti furono immobili in attonito silenzio. Francesca pensò poi che l'Indiano, in quel momento, stava decidendo se segnare l'episodio sul suo conto personale tra lui e gli Europei, oppure se far fuori la questione lì su due piedi. Alla fine sembrò essersi deciso, e gridò qualcosa ai soldati, i quali cominciarono subito a scaricare i pali dal camion.

La Mamma disse a Silvano:

"Fate vedere come e dove devono ripiantarli, e sorvegliate che il lavoro venga fatto a regola d'arte".

Poi girò sui tacchi, e se ne tornò a casa.

Francesca le correva dietro.

"Non ti dispiace un po' di averlo frustato?"

"E' quello il linguaggio che capiscono. Loro in realtà vogliono essere trattati così".

Francesca meditò a lungo.

"Questa poi".

Come spesso accadeva, la Bambina era assai confusa. Certo in quell'episodio qualcuno aveva suscitato la sua ammirazione, proprio come un personaggio di Salgari: ma non sapeva se era stato più l'Indiano con la sua pelle scura e lo sguardo fiero, o la Mamma con quel fegato formidabile che aveva.

Pochi giorni dopo l'inizio della scuola arrivò la nuova governante. Si chiamava Fräulein Binder, una donna grande, marziale, con occhi azzurri dietro le lenti cerchiate d'oro.

Essa credeva nella disciplina, nel piglio militaresco, nel tono autoritario; e perciò Francesca ebbe modo di litigarci spessissimo, quasi come con la Mamma che — in versione italiana — aveva un po' lo stesso stile.

Tuttavia la Bambina apprezzò la sua laboriosa parsimonia, tutta nordica, che andava dalla conservazione delle bucce d'arancia, che venivano seccate al fine di bruciarle nei caminetti per aromatizzare l'aria, alla confezione di sciroppo di sambuco contro la tosse, alla coltivazione di speciali zucche, da cui si ricavano delle spugne vegetali ruvidissime per strigliare le ginocchia alle Bambine.

Ma ciò in cui la Fräulein Binder eccelleva era la preparazione del Natale.

Le operazioni ebbero inizio alla metà di novembre. Ogni pomeriggio la Fräulein Binder e le Bambine setacciavano la campagna alla ricerca di materiale natalizio: tutto ciò che si poteva dorare o argentare, come pigne, ghiande, coccole.

In dispensa, vennero trovate noci e noccioline, e tutta la casa fu rovistata alla ricerca di pezzi di cartone, carta stagnola, nastri. Le Bambine avevavano sempre raccolto e conservato i fili d'argento che gli aerei gettavano durante la guerra per ingannare il radar: la Fräulein le lodò per aver seguito, prima ancora di conoscerlo, il suo avviso che tutto può venir buono da un momento all'altro; e anche questo materiale fu aggiunto al resto.

Poi si incominciò a dorare e argentare le noci e le pigne e così via: i frutti più grossi vennero fissati ad un filo individuale, i più piccoli riuniti in artistici grappoli. Furono ritagliate stelle nel cartone, confezionati fiocchi e coccarde multicolori.

La Fräulein Binder aveva avuto in dotazione dalla Mamma una grande bicicletta, chiamata la Portapacchi, adatta al trasporto di bambini piccoli e altri colli di vario genere; su questo veicolo essa caricò Marina, il venti di dicembre e, seguita da Francesca in sella alla sua bicicletta coi cerchioni di legno, pedalò fino a Lucca, dove, dopo molte consultazioni, scelsero l'albero. Questo fu legato bene sulla Portapacchi, dalla parte opposta a quella dove si trovava Marina, e portato a casa, dove fu messo in un vaso, e il vaso ricoperto di muschio.

Per ultimo la Fräulein fece degli speciali biscotti al miele, lucidissimi e tagliati in forme molto belle, e intanto, le Bambine avevano scelto dalla dispensa alcune tra le più rosse di quelle mele che crescevano nel podere di Gino, e che erano di una qualità piccola, dura e coloratissima. Le mele furono lucidate con un panno di lana fino a farle splendere come rubini, e finalmente si passò ad appendere sui rami tutte le decorazioni che così operosamente erano state confezionate. Quell'albero, come tutti quelli degli anni successivi fino a che la Fräulein Binder rimase a Gattaiola, venne fuori bellissimo e riempì le Bambine di gioia e di orgoglio.

Sotto la direzione della Fräulein Binder, Francesca e Marina lavoravano moltissimo: per quanto facili e divertenti, le loro attività non dovevano essere sprovviste di un fine pratico per essere bene accette alla coscienza austera della loro governante.

Una delle poche frivolezze concesse era il cinema, cui la Fräulein Binder accompagnava le Bambine ogni due sabati. Marina veniva collocata sul bagagliaio posteriore della Portapacchi, mentre su quello anteriore trovava posto un grande cestino carico di provviste alimentari: generalmente pane, mandarini, fichi secchi, noci già schiacciate e mele.

Per non spendere invano i denari dei biglietti, la partenza da Gattaiola, con le due biciclette, avveniva subito dopo pranzo, in modo da trovarsi davanti al cinematografo con molto anticipo sull'orario del primo spettacolo; per una mezz'ora la governante e le due Bambine attendevano nella via deserta davanti alle porte di vetro sprangate, e avevano modo di studiare attentamente il cartellone, leggendo tutti i nomi di coloro che avevano collaborato alla realizzazione del film, dal primo attore al tecnico del suono.

Quando il cinema apriva, esse erano le prime a

entrare, e prendevano posto nel bel mezzo della platea.

Il pomeriggio cinematografico durava molto a lungo, fino all'ora di cena, in modo da poter assistere a due spettacoli e mezzo. In quella giornata di sregolatezza la Fräulein Binder, sempre molto severa riguardo al ritmo dei pasti, permetteva di far merenda più volte, ma sempre durante l'intervallo, per non disturbare i vicini scartocciando i pacchetti.

Francesca si vergognava un po' di fare quelle colossali mangiate sotto gli sguardi di tutti gli altri spettatori, i quali al massimo sgranocchiavano qualche aristocratica caramella, ma la gioia per quel particolare genere di pic nic superava qualsiasi imbarazzo.

Al ritorno, d'inverno, bisognava fare la strada al buio, appena rischiarato dai fanali delle biciclette, e questo coronava l'incanto della giornata.

Durante i primi tempi dell'amministrazione Binder, forse a causa del grande impegno posto nella preparazione del Natale, Francesca ritrovò parte del suo misticismo perduto, che trasmise anche a Marina.

Quest'ultima, infatti, per il suo compleanno, che cadeva il ventinove marzo, chiese ed ottenne in regalo dalla Mamma una palla di vetro con dentro la Madonna, che quando si agitava si vedeva la neve.

La Fräulein Binder era cattolica, perciò su quel fronte non ci fu ostruzionismo.

La palla venne messa sul comodino che divideva il letto di Marina da quello della governante, e fu deciso dalle Bambine che, durante tutto il mese di Maggio, la Madonna sarebbe stata oggetto di particolare venerazione.

Infatti, dal primo al trentuno di quel mese, il comodino venne tenuto infiorato come un altare e la sera, prima di coricarsi, le Bambine vi accendevano due candele. Poi spegnevano la luce e scuotevano la palla di vetro: mentre la neve cadeva, cantavano in coro una canzone, diversa ogni sera, che avesse qualche attinenza con Maria Vergine e con la religione.

Per le prime sere la scelta non era difficile: cominciavano con l'Ave Maria di Schubert e, attraverso le musiche che Francesca aveva imparato all'apostolato liturgico, arrivarono, senza uscire troppo dal seminato, fino al 20-25.

Poi diventò sempre più difficile trovare qualcosa di nuovo: verso la fine del mese ripiegarono su "Maria Laò" e "Maria sass auf einem Stein" e cioè "Maria sedeva su un sasso" una canzone del repertorio sado-masochistico infantile, in cui una fanciulla, pettinandosi con fatalistica rassegnazione i biondi capelli, attendeva che venisse il Cacciatore ad ucciderla.

Come ho detto, Francesca aveva dentro di sé, in quel periodo, una bambina e una persona grande contemporaneamente. La persona grande non si decideva a venir fuori del tutto: si vergognava un po'. La bambina, d'altro canto, benché spesso soverchiata, era dura a morire. Anzi, in quei giorni in cui sentiva più vicina la sua fine, spalleggiata dalla Fräulein Binder e da Marina, che tendevano a trascinare con sè ogni cosa e persona in un mondo infantile, la bambina dentro alla Bambina sparava con energia le sue ultime cartucce.

Tuttavia Francesca non era sempre assorbita nella preparazione del mese mariano o nella partecipazione, sia pure un po' sdegnosa, ai giochi di Marina. A Santonio essa aveva imparato tante cose, ed ora si era messa ad osservare il mondo attorno a sè con una rinnovata curiosità, per dare alle sue nuove conoscenze conferma ed ampliamento.

In cucina e in guardaroba si parlava spesso di politica, ed anche il parroco, durante la predica, girava sempre attorno a quel punto. Egli minacciava i fedeli di scomunica e di dannazione eterna, ma Francesca non riusciva a capire bene quali fossero le azioni e i pensieri assolutamente proibiti e quali semplicemente sconsigliati. A volte sembrava che il solo fatto di avere un'opinione fosse male: si sarebbe detto che un buon cristiano dovesse limitarsi a subire la politica, senza impicciarsene. A volte pareva invece che l'importante fosse solamente non professare quelle che venivano definite "certe idee".

La sorella del parroco, che Francesca considerava come il portavoce, laico ma semi-ufficiale, della chiesa di Roma, diceva che il peccato più nero sarebbe stato quello di mandare in esilio, raminghi in terra straniera, quei poveri bambini della casa reale. Francesca desiderava essere dettagliatamente informata su questi argomenti, anche perché Papà era candidato per il Partito Socialista all'Assemblea Costituente, e la Bambina temeva che questo fosse peccato mortale.

A Ranieri si potevano fare domande riguardanti la politica, ma non si doveva assolutamente uscire allo scoperto fino al punto di indagare sui rapporti tra la politica e la salvezza dell'anima. Egli era infatti miscredente, e crudelissimo nel prendere in giro le bambinate; Francesca e la Paola stavano dunque sempre molto attente quando parlavano con lui. Esse gli nascondevano, per esempio, la loro ammirazione per Tyrone Power e Loretta Young, ed avevano finto di apprezzare moltissimo "Scarface", che era una vera boiata. Anche Chopin e Schubert erano all'indice, e bisognava ascoltarli senza farsi sentire.

Le due amiche, allora, dibattevano tra loro all'infinito questo argomento: la Paola era informata del cruccio di Francesca riguardo al Papà, e faceva di tutto per aiutarla.

E poi, soprattutto, ascoltavano con avidità le conversazioni che si svolgevano in cucina e in guardaroba, e da queste trassero molte notizie.

La prima informazione precisa la portò la Bruna, di ritorno da una Messa in città: per non venire scomunicati bastava non essere Marxisti. Però, purtroppo, dopo un attento esame dei manifesti elettorali, le due amiche dovettero accettare il fatto che la notizia non serviva a niente: infatti i marxisti non esistevano. Doveva trattarsi di qualcosa come il genere o la famiglia nella classificazione degli uccelli, pensò Francesca che era ornitologa: come le cincie, che possono essere codibugnoli o cingallegre ma restano sempre cincie. Comunque, sui manifesti elettorali non si trovava scritto chi era dentro e chi fuori dalla categoria dei marxisti.

Alla fine, però, avvicinandosi le elezioni, anche

il parroco fu più esplicito: bastava non essere comunisti.

Questo sollevò Francesca dalla preoccupazione per suo padre, e le dette modo, allo stesso tempo, di applicarsi alla soluzione di due nuovi problemi: perché mai Dio non amava i comunisti e cos'erano in realtà i socialisti. Alla prima domanda non trovò mai risposta; per la seconda potè finalmente chiedere a Ranieri che dette una forma organica alle voci già raccolte durante le conversazioni della servitù. In sostanza era così: i socialisti erano precisi uguali ai comunisti, così come lei li conosceva personalmente dai tempi di Santonio; solo non andavano all'inferno.

Essa non trovava difficile credere che l'ideologia di suo padre fosse tanto simile a quella di Alcide; l'opinione di Papà essa l'ignorava, ma quella di Alcide era così palesemente giusta che bisognava per forza condividerla. Quando invece andava a cercare le differenze tra i due, differenze profonde, che giustificassero una così grande disparità di trattamento nel giorno del Giudizio, qualcosa di più che le differenze di vestiti e di accento, la Bambina si convinceva che queste si riducevano, in fin dei conti, a quei famosi quaranta milioni che l'uno aveva e l'altro no. Perciò tutta l'indagine politico-religiosa di Francesca culminò in questo incredibile risultato, che cioè per non andare all'inferno fosse necessario possedere molti denari. Questo contrastava con la storia del cammello (o del camelo: che noia quando le suore spiegavano che non si trattava di un vero cammello ma di una fune! Tanto era impossibile ugualmente; e se Gesù Cristo, per una volta, avesse avuto voglia di dire una battuta un po' stravagante, che male c'era?). Dunque la storia dei quaranta milioni non quadrava con quella del cammello, ma del resto, in quest'ultima Francesca non ci aveva mai visto chiaro: sembrava che la Chiesa non fosse proprio per niente grata a Gesù di averla messa negli impicci pronunciando quella fràse sconsiderata. Infatti le suore erano a disagio, quando ne parlavano, e si rifiutavano di dare spiegazioni chiare e dettagliate.

Certo che se l'accesso dei ricchi al Regno dei Cieli era davvero una cosa così rara, bisognava dire che Gattaiola era teatro di una serie di coincidenze veramente straordinarie, perché vi erano radunati, e in gran numero, tutti i ricchi che facevano eccezione alla regola enunciata dal Vangelo, e che godevano, con tutta evidenza, della stima senza riserve dei preti, delle suore, e probabilmente anche di Dio. Il fatto è che su tutta questa storia, Francesca rimase per molti anni nel dubbio.

Avrebbe potuto, si capisce, chiedere al Papà.

Il Papà aveva sempre informazioni precise e dettagliate, inoltre rispondeva volentieri alle domande della Bambina. Su questa faccenda della politica, tuttavia, Francesca desiderava formarsi una convinzione che potesse venire accolta tra quelle che costituivano gli argini rassicuranti per il flusso sempre mutevole dei suoi dubbi; e questo poteva accadere solo lasciando che la verità, nuda e disarmata, si facesse strada verso di lei e contro di lei, anziché presentarsi già confezionata nella logica adamantina del Papà.

Francesca, nel suo piccolo, presentava le proprie

opinioni esattamente come faceva suo padre: con estremo rigore, cui non mancavano ironia e scetticismo, prevedendo le obiezioni dell'interlocutore e smontandole prima ancora che si presentassero; tuttavia le idee che formavano i capisaldi del suo pensiero erano giunte a lei in una forma completamente diversa. La Paola, per esempio, aveva uno stile evocativo piuttosto che dimostrativo. Tante volte essa aveva difeso un suo diritto o presentato una sua opinione, opponendo alla logica stringente di Francesca, la scarna giustificazione "perché sì". E tante volte, la verità, contenuta in quella forma così orgogliosamente noncurante, aveva cominciato a rodere le difese di Francesca, conquistandosi nella sua anima un posto, che era tanto più di rilievo quanto più rozzo era stato il veicolo che ve l'aveva condotta.

Questa faccenda, nella sua spaventosa complessità, restò dunque a lungo oscura per la Bambina; essa mancava di elementi, e doveva esercitare il suo giudizio su ipotesi astratte.

Benchè spesso sentisse una gran smania di diventare grande in fretta, era però contenta che dovessero passare per lei ancora tanti anni prima di poter partecipare alla grande festa delle elezioni.


In una fredda giornata di Maggio, Francesca e Marina erano andate a riposare, dopo pranzo, ciascuna nella sua camera. Marina dormiva e Francesca leggeva "Il Gallo d'oro ed altre storie", una raccolta di novelle di Puskin che le era stata regalata da Alessandro Fersen, e che essa non si stancava mai di leggere e rileggere.

Durante tutto il tempo in cui i Tedeschi avevano requisito la casa, la Mamma aveva fatto spegnere il riscaldamento allo scopo di far gelare gli invasori; e tutta la famiglia aveva sofferto il freddo con loro. Ora invece Virgilio aveva rimesso in funzione la grande fornace nel seminterrato che, attraverso un sistema di tubi risalente al cinquecento, distribuiva aria calda in tutte le stanze.

Si stava proprio bene, e a un certo momento Francesca si assopì.

Ad un tratto si svegliò di soprassalto, con la sensazione, vivida nella mente, di dover fare subito qualcosa. A causa delle funzioni serali davanti al comodino di Marina, la Bambina era, in quel periodo, in grande dimestichezza con la Madonna, e perciò fu a lei che si rivolse in cerca di chiarimenti.

"Non capisco. Dimmi, ti prego, cosa dovrei fare?"

La Madonna rispose:

"Devi andare a vedere Marina".

"Marina?"

"Sì, devi andare in camera di tua sorella, subito".

Allora Francesca corse nella stanza accanto, e la trovò invasa da un fumo impenetrabile, tanto che non si poteva proprio respirare. Accese la luce ma si vedeva solo un punto giallo al centro del soffitto, dove pendeva il lampadario, e tutto il resto rimaneva al buio. Corse perciò a tentoni fino al letto, ne strappò fuori la Piccola e la portò nella propria stanza.

Poveraccia, era mezza morta e Francesca non sapeva cosa fare. Andò allora a chiamare la Nora e presto tutta la casa fu in subbuglio. Fu chiamato il dottor Martini, che rapidamente rimise in sesto Marina, mentre Virgilio, al colmo della confusione, spiegava che era successo qualcosa all'impianto di riscaldamento, per cui dalla bocchetta della camera di Marina era uscito tutto il fumo della fornace, mentre l'aria calda se ne era andata su per il camino.

Francesca visse naturalmente una giornata di gloria travolgente: la Mamma, il Papà e tutti non facevano che dire:

"Hai salvato la vita a tua sorella".

La Nora domandò:

"Com'è stato, hai sentito l'odore di fumo?

"Sì" disse Francesca, e infatti era proprio così.

Quando si era svegliata dal suo sonnellino aveva sentito una puzza tremenda proveniente dalla camera di Marina, e aveva voluto vedere cos'era.

La Nora disse:

"Hai diritto a un premio".

E la Mamma, che era presente, confermò:

"Certamente, pensa bene a cosa ti piacerebbe".

Francesca ci pensò durante il pomeriggio, ma tutte le cose che aveva desiderato e mai avuto ora non le parevano poi così affascinanti. Una vera scala di corda, per esempio, che aveva sognato e sognato come il culmine di ogni felicità, ora la lasciava abbastanza indifferente, comunque non era cosa da sprecarci un desiderio.

La Mamma disse, al momento della buona notte:

"Allora hai scelto cosa vuoi?"

Francesca aveva finalmente deciso:

"Voglio portare i capelli senza trecce e non voglio

più avere il colletto bianco che spunta sotto il pul-
lover".

Disse queste audaci parole tutte d'un fiato, piena di timore e di speranza.

"Neppure per sogno" rispose la Mamma.

Finito di stampare nel mese di dicembre 1984
dalla Rizzoli Editore - Via A. Rizzoli 2 - 20132 Milano
Printed in Italy